재인문고

싸이퍼

cypher

탁경은 장편소설

사계절

일러두기

- 이 책에 나오는 외래어는 국립국어연구원의 '외래어 표기법 및 표기 용례'를 따르되, '싸이퍼(cypher)', '스웩(swag)', '플로우(flow)', '로우킥(low kick)'은 통상 사용하는 발음대로 표기하였습니다.
- 이 책에 나오는 힙합 용어는 212쪽에 상세하게 설명해 두었습니다.

차례

스웩 swag

자신이 잘하는 것을 숨기지 않는 것

도건

교실은 0과 1의 세계로 나뉘어. 선생들이 들어와 떠드는 시간 0, 선생들이 나가고 아이들이 완전히 반을 장악하는 시간 1. 불행히도 나는 0과 1의 시간 어디에서도 기쁨을 느끼지 못해. 수업은 따분하고 아이들은 유치해.

아이들은 각자 0의 세계를 견디는 법을 터득하고 있어. 지욱이는 범생이라 수업에 집중하면서 필기 중. 무작정 나를 따르는 상민이는 게임 소설을 쓰느라 바빠. 선생들은 상민이가 소설을 쓰는 줄 몰라. 열심히 필기하는 줄 알아. 상민이는 인터넷상에서는 꽤 유명하대. 제 입으로 스웩을 하더군. 무슨 일을 하든 머뭇대고 어깨만 움츠리는 놈이 그러니까 좀 달라 보이데.

내가 상민이 어깨를 톡톡 두드리면서 말했지.

"스웩 쩌는데?"

그랬더니 상민이가 눈을 동그랗게 떠.

"스웩? 그게 뭔데?"

헐, 나는 혀를 끌끌 차. 소설 쓴다는 놈이 기본적인 힙합 용어도 모르다니.

"형님을 모시고 싶으면 힙합 공부 좀 해라."

상민이는 비장한 표정으로 고개를 끄덕여. 그 모습이 기특해서 스웩의 뜻을 설명해 줘.

"그러니까…… 스웩이란 자신을 드러내는 거야. 세상을 향해 외치는 거지. 나 잘났다, 이런 건 잘한다!"

스웩은 '스웨거'라는 말의 줄임말이야. 이 말은 스코틀랜드 사람들이 흔들거리며 걷는 모습을 가리켜.

"힙합은 그런 거구나."

상민이가 눈을 반짝여. 상민이 대꾸에 내 어깨가 쫙 펴져. 흥이 막 솟아올라.

"힙합은 자신감이 전부라니까."

나는 상민이 어깨를 툭 쳐.

"그러니까 너도 어깨 좀 펴! 자신감도 좀 갖고!"

걱정이야, 걱정. 상민이는 바보 같을 정도로 착해. 남이 뭐라고 하든 웃어. 남이 시키는 건 거절도 못해. 그러니 스트레스가 쌓이겠지. 그걸 소설 쓰는 걸로 푸는 거야.

아까도 말했지만 아이들에겐 각자 0의 시간을 버티는 노하우가 있어. 친하지 않은 놈들은 더 가관이야. 어깨가 좁아 별명이 어조비인 이기열은 졸고 앉아 있고, 로우킥을 구사하는 우리 학교 주먹 일인자 손윤한은 휴대폰을 교과서 밑에 숨기고 야한 동영상을 보고 있어.

나는 시집을 필사하고 있어. 애들이랑 격이 다르지. 내가 원래 수준이 좀 높아. 스웩이 아니고 사실이야. 키 작다고 사람 무시하면 큰코다쳐.

그나마 위안인 것은 오늘 사회 수업이 5교시에 있다는 거야. 사회 수업은 내가 유일하게 듣는 수업이야. 사회 선생님은 말을 잘해. 아는 게 많아. 지난주에는 미국 9·11 테러의 배경을 알려 줬어. 테러 후 미국 사회가 어떻게 바뀌었는지도 함께.

보스턴 로건 국제공항을 이륙해 로스앤젤레스로 향하던 아메리칸 항공 11편 여객기와 유나이티드 항공 175편 여객기가 뉴욕 맨해튼 세계 무역 센터 쌍둥이 빌딩에 충돌해. 그 장면을 머릿속으로 상상해 봤어. 순식간에 무너진 쌍둥이 빌딩과 그 빌딩 속에서 일하던 많은 사람들을.

그 사건 이후에 내가 태어났어. 사회 시간에 다루는 사건들 대부분은 내가 태어나기 전의 일들이지. 88 서울 올림픽, 남북 정상 회담, 성수대교와 삼풍백화점 붕괴, 서태지와 아이들, 지존파 일당의 검거와 사형 집행……. 나와 내 또래들은 많은 역사적 사건을 놓친 거야.

2002년 한일 월드컵 이야기를 할 때 선생의 눈빛은 유난히 반짝였어.

"너희도 알지? 우리가 4강까지 갔잖아!"

"저흰 갓난아기였다고요."

이기열이 입을 비죽이며 말했어.

"아, 그렇지. 너희는 그걸 못 봤구나."

선생님의 안타까운 눈빛. 입맛을 다시는 입술. 조금 더 일찍 태어났더라면 길거리에 모여 응원을 하고 축제의 열기를 느꼈을 텐데. 나도 모르게 한숨이 나왔어.

앞머리부터 탈모가 진행 중인 선생님은 수업을 하는 동안 멋져. 한껏 자기 이야기에 몰입해. 이야기에서 이야기로 넘어가는 연결도 자연스럽지. 선생님은 손과 팔을 이용해 적극적으로 표현해. 자기가 알고 있는 것에 확신을 품고 있는 눈빛에서 밝은 빛이 쏟아져.

저런 게 스웩이지. 자기가 가장 잘하는 것을 숨기지 않는 것. 겸손을 떠는 대신 마음껏 자기 재능을 뽐내고 보는 것. 내가 힙합을 사랑하는 이유.

쉬는 시간을 알리는 종이 울려. 교실 안의 세계는 급격하게 무너져. 쌍둥이 빌딩이 와르르 무너지는 것처럼. 1의 시간이 시작돼. 대부분의 아이들은 주머니에서 휴대폰을 꺼내. 싸움 좀 한다는 애들은 교실을 홱 나가 버려. 운동을 좋아하는 아이들은 잠시도 견딜 수 없다는 듯 교실 뒤에서 공을 차.

시집을 덮고 아이들을 바라봐. 교과서를 꺼내 예습하는 지
욱이를 보다가 소설을 끼적이고 있는 상민이를 바라봐. 고개
를 숙인 채 자기 세계에 빠진 그들이 하나의 섬처럼 보여. 주
변은 시끄럽고 뿌연 먼지가 둥둥 떠다니지만 어떤 것도 그들
을 방해할 수 없어.

1의 시간에도 내게 오지 않는 친구들이 미워져. 그러다가
곧 기분이 가라앉아. 요즘 들어 자주 이래. 기분이 오락가락
해. 밉다가 우울해져. 우울하다가 짜증이 솟구쳐. 화가 나다가
슬퍼져.

학교도 네모고 감방도 네모지. 감시자가 있고, 정해진 일과
표가 있고, 종소리가 있고, 힘 있는 놈과 없는 놈이 있어. 자기
마음대로 나갈 수 없고, 자기 마음대로 그만둘 수 없지. 무엇
보다도 리얼 소름 돋는 건 밥을 받는 식판의 존재. 나는 식판
이 진짜 싫어.

학교의 네모난 창문으로 햇살 한 줄기가 들어와. 저 밖에
있는 사람에게 여긴 어떤 모습으로 보일까. 학교라는 상자에
서 벗어나고 싶은 오후야.

정혁

"배달, 뭐 해?"

사장의 호통에 나와 대진은 덜 태운 담배를 바닥에 던졌다. 대진은 가게로 들어가 족발이 담긴 비닐봉지 두 개를 들고 나왔다. 나는 오토바이에 시동을 걸고 대진은 불이 덜 꺼진 담배에 침을 뱉었다.

"형, 진짜 죽겠다니까요."

대진이 툴툴거렸다.

"복에 겨워 지랄 제곱을 떠네."

대진이 뱉은 침에 거품이 보글보글 떠올랐다.

"이건 여친이 아니라 여왕님이시라니까."

나는 대진의 머리통을 세게 후려쳤다.

"야, 지금 싱글이신 형님 염장질하냐."

대진은 맞은 곳을 벅벅 긁으며 그제야 시동을 걸었다.

비트박스를 시작한다. 헬멧을 들고 쿵, 머리에 쓰고 쿵, 다리를 들어 올리고 쿵, 오토바이 몸체에 다리를 척 걸치고 쿵. 한 마디는 4비트, 오토바이의 심장이 덜덜 떨린다. 대진에게 가운뎃손가락을 날리고는 출발.

이제 길 위는 내 맥박 소리로 가득 찬다. 헬멧을 날려 버릴 만큼 뜨거운 가사들이 필요한 순간. 혁명을 꿈꾸는 내 혀는 아직 덜 여문 가사들만 내뱉는다.

길 위에 가득 찬 내 맥박 소리
몸 안에 하찮은 내 심장 소리
돈이 없어 못 간 대학
꿈이 없어 못한 발악
이제는 다 헛소리
믿는 건 내 두 다리

"랩은 어려워요."
동우가 말했다.
"아무리 해도 익숙해지지 않는다고요."
동우는 비닐 랩을 깔끔하게 뜯지 못해 쩔쩔매는 알바생이
다. 보통 며칠 하면 능숙해지기 마련인데 이놈은 손이 정말
무디다. 비닐 랩에 동우의 손이 닿기만 하면 랩은 지렁이처럼
몸을 말거나 갑자기 중간에서 뚝 찢긴다. 그럴 때마다 동우는
조용히 욕을 내뱉는데, 동우의 욕은 소리가 나지 않기 때문에
나 말고는 아무도 모른다. 그저 껌을 뱉거나 땅에 침을 뱉듯
입을 벌려 묵음의 욕을 내뱉는다. 나는 입 모양으로 그가 지
껄인 욕을 읽어 낸다.
동우는 대학생이다. 철학과라나? 철학과에서 대체 어떤 공
부를 하는지 관심 없지만 가끔 동우가 시인들 이야기를 할 때
면 귀를 쫑긋 세운다. 그는 시인과 철학자가 닮은꼴이라고 주

장하지만 그건 잘 모르겠다. 내가 분명히 아는 것은 시가 랩과 닮았다는 것뿐이다.

텔레비전 화면에 서울 광장의 시위 현장이 보였다. 동우가 화면에 시선을 주자 사장이 호통을 쳤다. 사장 눈치를 살피며 동우는 텔레비전을 끄고 비닐 랩을 뜯었다. 전화기가 울렸다. 사장이 수화기를 잽싸게 잡아챘다.

"배달 전문 웰빙 족발입니다."

사장의 목소리가 낮게 깔렸다.

동우는 웃음을 참느라 끅끅거렸다. 사장이 '웰빙'이라는 단어를 발음할 때마다 저렇게 끅끅댔다. 사장이 동우를 노려봤다. 동우는 웃음을 참으며 내 곁으로 다가왔다.

"이 할머니 얼굴이 웰빙과 어울려요?"

동우가 내민 가게 홍보 전단에는 '원조'를 강조한 글씨가 위에 있고 머리가 하얗게 센 할머니가 그 밑에 있다. 우리는 날마다 할머니 얼굴을 들여다보지만 정작 이 할머니가 누구인지는 모른다.

'30년 전통의 원조 장충동 한방 웰빙 족발. 24시간 정성껏 배달해 드립니다. 12가지 한약재를 첨가해 더 깊은 맛을 전합니다.'

"웰빙 좋아하네."

동우가 조용히 입술을 움직였다. 말소리는 거의 나지 않았지만 나는 동우의 입술을 읽을 수 있었다.

동우의 말도 일리는 있다. 가게는 '웰빙'이란 단어와 전혀 어울리지 않았다. 주방 가스레인지는 음식 찌꺼기와 그을음으로 새까맸고 주문을 받는 전화기들은 낡았다. 이 자리는 원래 부동산 사무실이었다. 부동산이었을 때 주인이 쓰던 책상 위에 전화기를 죽 늘어놓고 소파가 있던 책상 옆으로 냉장고 여섯 짝을 나란히 배치했다. 가게 중앙에는 커다란 식탁을 놓고 구석 자리에 날림 공사로 주방을 만들었다.

학교를 자퇴한 뒤로 이곳에서 일했다. 여기에서 일한 지도 일 년이 넘었다. 처음엔 적응하기가 힘들었는데, 일단 적응하고 나자 몸은 금세 길들여졌다. 나는 가게가 문을 여는 시간부터 일하고, 대안 학교에 다니는 대진은 수업을 마치고 나온다.

동우가 포장한 족발 대 자를 들고 가게를 빠져나왔다. 음식물 쓰레기통 옆에 주차된 오토바이가 보였다. 대진은 오토바이 위에 앉아 담배를 빨고 있었다. 대진이 바라보는 하늘을 덩달아 바라봤다. 옆으로 기운 초승달이 뿌연 구름에 몸을 숨겼다. 대진에게 비닐봉지를 내밀면서 담배를 뺏었다. 대진은 아쉬운지 입술을 달싹였다.

대진의 오토바이가 요란한 소리를 내며 출발했다. 나와 달무리 사이를 메운 도시의 냄새에 오토바이 매연 냄새가 섞였다. 연거푸 담배 연기를 내뿜으며 꼬마를 떠올렸다. 비트박스를 잘하는 꼬마. 범상치 않은 눈매에서 기이한 눈빛을 내뿜는 꼬마. 꼬마는 몇 살일까. 꼬마는 언제부터 랩을 한 걸까.

속도를 높였다. 내가 존경하는 '테크 나인'의 말이 심장을 타고 흐른다.

"나의 비트는 나의 맥박, 나의 비트는 내 곡의 생명."

나는 오늘도 내 맥박을 비트 삼아 오토바이를 탄다.

 마음을 움직이기

도건

집이야. 배가 고파 미치기 일보 직전인데 부엌은 조용해. 엄마도 보이질 않아.

며칠 전부터 엄마의 부엌은 조용해. 엄마는 파업을 선언했어. 안방을 독차지했어. 거실로 내쫓긴 아빠는 소파에서 쭈그려 잠을 잤어. 누나는 엄마와 아빠 눈치를 번갈아 보며 상황을 파악하려고 애쓰는 중이야.

참다못해 누나에게 물어봤어. 누나 방문을 벌컥 열고 들어갔어.

"이유가 뭐래?"

"몰라. 아직 데이터가 부족해."

누나 표정이 꽤나 심각해.

"무슨 데이터?"

누나의 새초롬한 표정. 뭔가 숨기고 있는 게 분명해. 누나의 방 안을 훑어봐. 책장에는 엄청나게 많은 시집이 꽂혀 있어. 이 몸은 이미 알고 있어. 누나의 뇌를 스캔하려면 누나가 요즘 읽고 있는 시집을 읽으면 된다는 걸.

"시집 좀 빌려주지."

누나가 열 권이 넘는 시집을 내밀어. 남자 시인 시집은 한 권도 없어.

그중에서 나를 잡아끈 시가 있어. 김정란 시인의 「집, 조금 움직이는 여자, 여자들」. 시는 이렇게 시작해.

'캄캄한 밤. 여자는 바늘 끝처럼 예민해진다.'

그다음 구절은 훨씬 마음에 들어.

'쉬잇. 소리, 아주 작은. 바시식바시식. 푸푸푸푸 피피피피. 휘휘. 후후. 작은 벌레들일까?'

더 많은 소리들을 글자로 나타내고 싶어. 머릿속에 사는 벌레들이 노래를 부르는 것 같아. 소리들이 입을 통해 하나씩 빠져나가.

피시식피시식, 부시식부시식, 후후후후, 헤헤헤헤, 허벌레허벌레, 쿠쿠, 키키, 카카.

엄마의 부엌은 늘 시끄러웠어. 재료를 씻는 물소리, 채소를 자르는 칼질 소리, 뜨거워진 김이 냄비 뚜껑을 밀어 올리는 달그락달그락 소리, 믹서 돌아가는 소리……. 나는 그 소리에 기대어 랩을 짓곤 했어.

누나가 팔에 턱을 괴며 말해.

"부엌에 있는 엄마 모습은 나를 기쁘게도 했지만 슬프게도 했어."

난 가끔 누나의 말을 이해할 수가 없어.

"잘난 척은. 쉽게 좀 말해."

"말해도 넌 몰라."

또 시작이군. 누나의 스웩은 끝을 몰라. 한마디 쏘아붙이려다가 참아. 참지 않으면 누나 책장에 꽂힌 시집들을 마음껏 못 봐. 엄마가 이렇게 된 상황에서 누나와 사이가 나빠지면 삶은 더 고달파질 거야. 이놈의 집구석. 한창 잘 먹고 쑥쑥 커야 하는 나이인데. 밥도 안 줘. 관심도 안 줘. 슬슬 화가 나.

누나 방을 나와 텅 빈 부엌을 잠시 노려봐. 현관문 도어록 소리가 들려. 엄마가 집 안으로 들어와. 거실 베란다로 걸어가. 엄마를 부르려다가 그만둬. 엄마의 눈빛이 멍해. 얼마나 멍한지 눈빛을 보자마자 말을 걸고 싶지 않아져.

"배고프면 뭐 시켜 먹고."

엄마는 힘없이 말을 내뱉고는 베란다로 나가. 멍하니 창밖만 바라봐. 나무 의자에 앉아 밖을 내다보는 엄마의 뒷모습. 아무리 봐도 익숙해지지가 않는 것.

엄마는 항상 부엌에 있었어. 힘든 일이 있어도 기쁜 일이

있어도 부엌을 떠나지 않았어. 가족들이 식탁에 앉아 도란도
란 수다를 떨고 있으면 부지런히 먹을 것을 날랐어. 엄마는
못하는 요리가 없었어. 가족들은 왕성한 식욕을 자랑하며 엄
마의 음식을 남김없이 먹어 치웠어. 그 시간들이 당연히 계속
될 거라고 믿었어.

누나는 여자끼리만 알 수 있는 일이 있대. 다 알려고 하지
말래. 엄마는 슬플 일이 많은 나이래. 말도 안 돼. 동의할 수
없어. 내 눈에 엄마는 아직 충분히 젊은데.

미국 드라마 〈CSI〉 광팬인 상민이는 기생충의 숙주 조종설
을 주장해. 상민이 말은 꽤 흥미로워.

"상상해 봐. 밤마다 풀잎 꼭대기에 올라가 양을 기다리는
개미들의 모습을. '이봐, 나 좀 먹어 줄래?' 달빛 아래에서 매
일 밤 그 짓을 반복하는 거야."

창형흡충에 감염된 개미의 뇌는 양의 위장에 도달하기 위
해 매일 밤 풀잎을 오른다는 거야. 풀잎 위에 앉아 자기를 먹
어 달라고 몸을 꼿꼿하게 세운 개미들의 모습. 상상해 보니
웃퍼.

솔직히 나는 관심 없어. 엄마가 왜 우울한지, 왜 창밖만 바
라보는지. 그 이유를 내가 꼭 알아야 하는 건 아니잖아? 그런
데 젠장, 불편한 게 한두 가지가 아냐. 엄마가 차려 주는 밥도
못 먹지, 부엌에서 나는 소리에 맞춰 비트박스도 못하지.

내가 초딩이라면 엄마가 잠시 외계인의 조종을 받는 거라

고 상상했을 거야. 초딩 때 그런 의심을 한 적이 있거든. 엄마는 외계인일지도 모른다. 그때 엄마는 너무나 완벽했어. 엄마의 흠을 찾고 싶었어. 아니면 엄마가 주는 무한한 사랑이 부담스러웠거나. 엉뚱한 모함으로 엄마를 깎아내리고 싶었거나.

2주 동안 밀착 감시를 했지. 엄마가 혼자 방에 들어가면 문에 귀를 갖다 대고 엿들었어. 예측할 수 없는 타이밍에 엄마 앞에 나타나기 위해 옷장이나 침대 밑에 숨었어. 엄마는 번번이 인간의 모습이어서 나를 실망시켰어. 아니면 내 속을 다 들여다보고 미리 계산된 행동만 했을 수도 있지. 책에서 봤어. 외계인들은 지구인들보다 똑똑하고 뛰어나대.

보이스톡이 울려.

"뭐 하는 중?"

지욱이 목소리.

"뭐 시켜 먹을지 고민 중."

"난 가족들과 외식 나감."

슬슬 분노 게이지 상승.

"잘 처먹고 와라."

"아직도 엄마 파업 중?"

"닥치시지."

창형흡충에 감염시켜 버릴까 보다.

"도건아, 어머님은 좀 어떠시니?"

이번엔 상민이야. 번갈아 가면서 귀찮게 해.

"몰라. 엄마도 아니야."

"〈CSI〉엔 자식을 일부러 아프게 하는 엄마도 나오더라. 넓은 마음으로……."

휴대폰 전원을 끄고 침대에 던졌어. 부엌이 텅 비자 내 비트박스도 멈췄어. 엄마의 파업을 멈춰야 해.

정혁

꼬마를 만난 곳은 홍대였다. 홍대 프리스타일 타운에서 랩 배틀이 한창 진행 중이었다. 키가 조막만 한 녀석이 현란한 비트박스 솜씨를 뽐냈다. 비트박스를 끝낸 꼬마의 눈동자가 내 눈을 뚫어져라 쳐다봤다. 꼬마의 눈빛은 기이한 기운을 내뿜었다. 영어 단어 'weird'가 떠올랐다. Weird Boy. '기이한 소년'이라는 단어가 어울리는 녀석.

꼬마의 신묘한 눈빛 때문이었을까. 꼬마를 만나고 온 날 꿈을 꿨다. 열다섯 살의 내가 학교 교실에 앉아 있는 꿈이었다. 아이 얼굴은 보이지 않지만 나는 그 아이가 바로 나라는 것을 직감으로 알았다. 고개를 푹 숙이고 앉아 있는 아이는 교실에서 아무런 존재감이 없다. 잘하는 것도 없고, 하고 싶은 것도 없다. 투명 인간처럼 집과 학교를 오가는 아이. 친구를 사귀는 것보다 만화책을 읽거나 영화를 보는 게 편한 아이. 만약 그 아이가 그 나이 때 힙합을 만났더라면 인생이 달라졌을까? 꼬마를 바라보면서 그런 생각을 했다. 조금 더 일찍 힙합과 랩을 만났더라면 얼마나 좋았을까. 힙합이라는 공기 안에서 꼬마는 편안해 보였다. 누구보다도 당당하고 자유로워 보였다.

오후 다섯 시는 아저씨가 출근하는 시각이다. 아저씨가 앞치마를 매고 중앙 식탁 앞에 섰다. 주방에서 족발을 삶고 있던 아줌마는 아저씨 옆모습을 바라보며 미소 짓는다. 주방 아줌마가 유일하게 칭찬하는 사람이 아저씨다. 부지런하고 손이 야무지다고 아저씨를 칭찬할 때마다 동우는 입을 삐죽거린다.

사장이 침을 묻혀 현금을 세고 있다. 나는 식당 밖 간이 의자에 앉아 대진을 기다린다. 하늘이 우중충하다. 곧 비가 내릴까? 비를 맞으며 오토바이를 타면 길이 음악을 들려준다는 느낌을 받는다. 그 느낌을 멋진 라임으로 표현하고 싶다. 라임은 점점 진화하고 복잡해지고 있는데 내 경험, 내 어휘력, 내 상상력은 그대로인 것 같아 답답하다.

목구멍에 걸린 가래를 뱉으려고 그르렁거린다. 성대를 긁으면서 가래를 뱉는데 사장이 뛰쳐나온다. 손바닥으로 내 뒤통수를 세게 후려친다.

"새끼야, 가래 뱉지 말라니까."

나는 천천히 남은 가래를 다 뱉는다. 그러고는 고개를 들어 사장을 쳐다본다. 이럴 때는 눈빛이 중요하다. 브라가도시오를 할 때처럼 고개를 살짝 뒤로 젖힌 다음 눈을 가늘게 뜬 채

상대를 노려봐야 한다.

"썅!"

"뭐? 썅?"

옆에서 동우 놈이 침을 꼴깍 삼킨다. 녀석, 쫄았나 보다.

"이건 엄연히 학대라구요. 안 그러냐, 대딩?"

나는 일부러 동우를 바라보지 않는다. 동우가 다시 침을 삼키는 소리가 들린다.

"노동자 보호법? 뭐 이런 거에 어긋나는 행동은 좀 시정하시죠."

목소리를 더 낮게 깐다. 흔들림 없이 음절을 똑 부러지게 발음한다.

"놀고 자빠졌네. 니들이 무슨 노동자야? 알바 새끼지."

사장은 기가 막히다는 듯 코웃음을 친다. 잠시 정적. 나는 천천히 고개를 돌려 동우를 노려본다. 내 눈빛에 동우가 멈칫한다.

"자, 자본주의는 파멸할 겁니다."

동우가 막힌 숨을 한꺼번에 내뱉듯이 말한다.

사장이 엄지손가락으로 코를 후비기 시작한다. 건더기를 동우 쪽으로 튕긴다.

"넌 또 왜 개소리야?"

사장이 동우에게 바짝 다가간다.

"지, 지젝이 그랬습니다."

"뭐 젝?"

사장의 언성이 높아진다.

"지—젝."

동우의 발음이 느려진다.

"새꺄, 왜 젝젝거려?"

나는 간신히 웃음을 참으며 동우의 어깨를 친다. 그들의 대화가 마음에 든다. 뒤통수를 맞았다는 사실도 잊는다. 동우는 게걸음으로 식탁 앞에 복귀한다. 사장이 나와 동우를 번갈아가며 노려본다. 그때 4번 전화와 8번 전화가 동시에 울린다. 사장과 동우가 동시에 전화기로 달려간다.

"네, 웰빙 족발입니다."

나는 웃음을 참으려고 끅끅거린다. 입이 근질근질하다. '지젝'이라는 단어를 활용해 라임을 만들어 보면 어떨까.

'젝젝거려 / 지젝이 젝젝거려.'

나는 지젝이 누구인지 모른다. 자본주의가 어떤 것인지도 모른다. 나는 단지 돈에 미친 사람들이 싫다. 돈에 미쳐 사람을 보지 못하는 사람들이 싫다.

배틀이 코앞이다. 비트가 혈관에 흐르면 몸을 파고드는 라임을 만들고 싶다. 오직 나만이 할 수 있는 플로우를 하고 싶다. 진정한 엠씨가 되고 싶다. 멋진 엠씨잉을 하고 싶다. 관객을 움직여라(Move the Crowd)! 관객의 마음을 움직이는 힘은 가사, 즉 라임에 달렸다. 엠씨는 마이크를 컨트롤한다

(Microphone Controller)! 마이크를 통해 자유자재로 사람들의 마음을 움직인다.

　사장이 외출한 틈을 타 동우 녀석에게 다가간다. 동우는 내가 자기보다 나이가 어리다는 것을 모른다. 동우에게 나이를 속였는데 이놈은 전혀 의심하지 않는다. 아무래도 내 얼굴은 노안인 모양이다.

　동우를 보면 대학도 별거 아니라는 생각이 든다. 철학 같은 걸 배워 어디다 써먹는지 모르겠지만, 어쨌든 지금 동우에게 필요한 것은 족발을 빠르게 포장하는 능력이다. 그런데 이 녀석은 아직도 비닐 랩 하나 정복하지 못하고 낑낑대고 있다.

　녀석의 손끝에서 엉키는 랩을 손가락으로 가리키며 낄낄댄다. 동우는 나를 한 번 째려보더니 조용히 묵음의 욕을 내뱉는다.

　"새꺄, 너 나한테 욕했지?"

　내 말을 못 들은 척하고 동우는 계속 비닐 랩을 뜯는다.

　"근데 왜 하필 철학이냐?"

　뜯기에 실패한 랩을 나무젓가락으로 콕콕 찌르며 묻는다.

　"그게 어때서요?"

　동우가 작은 목소리로 말했다.

　"안 어울려. 너랑 이 랩만큼이나."

　이 녀석이 화를 낼까? 아니면 뭔가 재미있는 이야기를 들려줄까?

"그렇긴 하죠."

뭔가 재미있는 이야기가 나올 것 같군. 나는 귀를 기울인다.

"성적 맞춰 간 거예요. 어차피 복수 전공 하거나 전과해야 해요."

대학생의 용어들이 쏟아진다. 동우는 손가락 끝에서 엉키는 비닐 랩에 신물이 났는지 자기 이야기에 열을 올린다.

철학 수업은 생각보다 흥미롭지만 철학으로 밥벌이를 할 수 없다는 건 누구보다도 철학과 학생들이 잘 알고 있다. 경영학이나 경제학을 복수 전공할 예정이다. 최신 경제 이론으로 무장하고 영어 점수를 높여야 한다. 그래도 취업 시장에서 서류 전형을 통과할 수 있을지는 미지수다. 완벽한 학점 관리는 너무 당연해서 입 아픈 소리고, 스펙을 위한 봉사 활동도 필수다. 리더십을 증명할 수 있는 스터디도 여러 개 해야 하고 자기소개서를 회사별로 차별화하는 비법도 공부해야 한다. 면접을 위해 성형 수술을 하는 남자들이 한둘이 아니다. 어떤 선배는 키를 3센티미터 높이기 위해 다리에 철심을 박고 일 년 동안 누워 있었다. 나도 피부 관리도 받고 싶고 코도 좀 높이고 싶지만 우선은 등록금부터 벌어야 한다……

나는 점점 지루해진다. 하품을 했더니 동우가 나를 돌아보며 한숨을 쉰다.

"철학이 뭔지 알려 줄까요? 랩이 돌돌 말리면 처음에는 화가 났거든요. 근데 이제는 화가 안 나요. 말리면서 뒤엉키는

랩이 저 같거든요. 그러면 혼자 조용히 쌍, 하고 욕을 내뱉고
는 생각에 잠기는 거예요. 대체 나를 이렇게 돌돌 마는 것들
이 누구인지, 내 인생을 이 냄새 나는 족발 가게에 처박은 주
체들이 누구인지 차근차근 생각해 보는 거죠. 그게 철학이에
요.”

나는 동우에게 ‘주체’라는 단어가 정확히 무엇인지 물어보
고 싶었지만 쪽이 팔려 참는다.

“하나밖에 없는 삼촌이 그러더라고요. 돈이 없으면 애당초
대학에 가지 말아야지 왜 친척들한테 폐를 끼치느냐고. 생각
해 보면 삼촌 말이 맞아요. 그런데 전 그 순간 진심으로 궁금
한 거예요. 삼촌 BMW 가격이, 아니 그 차 사이드 미러 가격
이.”

동우가 갑자기 킬킬거린다. 그러더니 웃음을 멈추고 이야기
를 이어 간다.

“하이킥으로 사이드 미러를 부수면 그 가격을 알 수 있죠.
내가 그 돈을 갚아야 하니까 그 가격이 내 몸에 깊이 박힐 거
예요. 돈의 액수가 몸에 박히는 기분을 알아요?”

동우의 말 때문일까. 문득 담배가 고프다. 동우는 담배를 피
우지 않는다. 저런 말을 어떻게 담배 없이 할 수 있는 건지, 신
기한 녀석이다.

‘내 몸에는 등록금 액수가 철심처럼 박혀 있다.’

휴대폰에 이 문장을 메모했다. 나중에 써먹을 데가 있을지

도 모른다.

"족발이 왜 싫은데?"

나는 엉뚱한 질문을 던진다.

"그럼 족발이 좋아요?"

그러고 보니 족발에 대해 한 번도 생각해 본 적이 없다. 나는 족발을 좋아하는 쪽일까 싫어하는 쪽일까.

"발바닥 냄새 난다고요. 여기만 나가면 쳐다도 안 볼 거예요."

몸에 박힌 등록금 액수만큼 돈을 모으면 녀석은 대학으로 돌아갈 것이다. 그때쯤이면 어쩐지 이 녀석이 마음에 들 것도 같다. 돌아갈 곳이 있다는 건 어떤 기분일까. 잠깐이지만 궁금했다.

대진이 왔다. 주문이 밀려든다. 빗방울이 떨어지기 시작한다. 후드득, 후드득. 아스팔트가 비에 젖고 비에 젖은 아스팔트 냄새가 코로 스며든다. 아저씨가 내게 우비 두 벌을 건넨다. 나는 대진에게 우비를 건네고 헬멧을 쓴다. 가볍게 우비를 턴다. 우비는 슬로모션이 걸린 영상처럼 천천히 펼쳐진다. 활짝 펴진 우비를 몸에 걸치고 시동을 건다. 부르르 몸을 떠는 오토바이의 심장이 내겐 비트박스처럼 느껴진다. 심장이 뛴다. 곧 오토바이 바퀴가 빗길을 지치는 소리를 들을 수 있을 것이다.

도건

자유다! 학교를 빠져나오면서 나는 속으로 외쳐. 홍대로 향하는 발걸음이 다급해.

"도건아!"

상민이가 나를 불러. 뒤를 돌아보니 상민이와 지욱이가 걸어오고 있어.

"뭔데? 나 지금 바빠."

상민이가 지욱이의 얼굴을 한번 쳐다보더니 느릿느릿한 말투로 말해.

"지욱이가 부탁이 있대."

꼭 이런 식이야. 지욱이 녀석은 내게 부탁이 있고 상민이 녀석은 우리 둘 사이에 끼어 눈치를 살펴. 나는 지욱이를 노려봐.

"빨리 말해."

"영어 말이야. 같이 공부하고 싶어."

지욱이는 주뼛주뼛 내 눈치를 살펴.

"너 영어 과외 하잖아. 과외 선생이랑 해."

"그게…… 과외 선생님이랑 할 때보다 너랑 할 때 더 올랐어."

상민이는 나와 지욱이 얼굴을 번갈아 살펴. 상민이 어깨에는 지욱이의 가방이 있어. 늘 이런 식이야. 같은 일이 반복돼.

내 마음은 차갑게 거절해야 한다고 말해. 어떤 말을 해야 지욱에게 상처를 줄 수 있을지 머리를 굴려. 그런데 지욱이는 그 잠깐을 못 기다리고 끼어들어.

"부탁할게."

지욱이가 눈을 내리깔면서 말해. 이 정도면 녀석은 자존심 다 내려놓은 거야. 상민이 보는 눈도 있고, 대놓고 거절할 수가 없어.

"생각해 볼게."

지욱이 얼굴에 미소가 번져.

"정말이지?"

"그렇다니까."

그들에게 간단한 인사를 건네고 헤어져. 마음이 이상하게 무거워. 그토록 기다리던 날인데, 홍대로 가는 건데, 발걸음이 가볍지가 않아.

지욱이 녀석은 우리 반 1등이야. 녀석은 1등을 한 번도 놓친 적이 없어. 그런데 부모한테서 한 번도 칭찬을 받은 적이 없어. 지욱이 부모는 둘 다 의사야. 그들은 지욱이에게 전교 1등을 원하고 있어. 지욱이가 가장 약한 과목이 영어인데, 하필이면 나는 영어를 가장 잘해. 솔직히 영어와 사회 빼곤 다 그저 그래. 중간고사 때 영어 공부를 같이 하자고 해서 재미 삼아 했지. 근데 지욱이 영어 성적이 오른 거야.

지욱이는 입버릇처럼 말해. 일 분 일 초도 허투루 쓸 수 없다고. 전교 1등을 못하는 건 자기 잘못이 맞다고. 정말 그래? 모든 게 지욱이 탓이야?

나는 잘 모르겠어. 옆에서 보기에 지욱이는 아무 문제가 없어. 지욱이처럼 열심히 사는 아이도 없어. 그런데도 자신을 괴롭혀. 아직 자신은 완벽하지 않기 때문에 완벽해질 때까지 스스로 채찍질을 해야 한대. 밤을 꼴딱 새우고 일주일에 한 번씩 코피를 흘리면서도 더 열심히 살아야 한다고 말해. 그게 정상인 거야? 성적이 그렇게 중요해?

홍대 놀이터에서 제이제이를 기다려. 놀이터 중앙에 래퍼들이 모여 있어. 그라인드코어를 하는 사람들과 그라피티를 하는 사람들이 놀이터를 어슬렁거려. 제이제이는 코빼기도 보이지 않아.

누군가의 비트박스가 울려. 래퍼 몇 명이 추임새를 넣어. 프리스타일 타운 영업 온! 심쿵, 심장이 쿵 떨어져. 입술에 침을 묻혀. 내 차례를 기다려. 우리를 가만히 지켜보던 아저씨에게 마이크가 가. 랩을 내뱉는 순서가 넘어가. 아저씨는 손사래를 치며 당황해. 래퍼들이 계속 비트박스를 넣어 주자 아저씨는 그 비트박스에 맞춰 고개를 끄덕여. 박자를 타기 시작해.

"어, 어, 나, 난……."

우물쭈물 망설이더니 조금씩 단어를 내뱉어.

"어, 난, 이 동네 아저씨, 너희의 랩을 듣고 있어, 귀 기울이고 있어."

"오!"

아이들이 감탄을 깔아 줘. 아저씨는 수줍게 랩을 이어 가. 아저씨 주위로 아이들이 자연스럽게 원을 이루어.

"난 랩을 몰라. 힙합을 몰라. 하지만 흥은 알아. 비트박스는 알아."

아저씨의 랩이 끝나고 아이들이 박수를 퍼부어. 잠시 정적. 곧 다른 플로우가 시작돼.

사방이 쩍쩍
지쩍이 쩍쩍
너와 나 쩍쩍

제이제이의 목소리야. 아이들의 원이 헤쳐져. 제이제이를 중심으로 다른 원을 만들어. 나는 제이제이의 라임에 집중해.

지쩍이 쩍쩍
지쩍이 물어
자본주의 싫어?
대안을 물어?
내가 쩍쩍
네가 쩍쩍

지젝이 이리도 젝젝거려?
다 같이 젝젝거려
너와 나 거릴 걸어
끝장나 버려 자본주의
대체 언제 인본주의?
지저스, 유얼 어 루저

몸을 타고 라임이 흘러. 배틀을 한판 즐기고 싶어. 두 팔을
휘저으며 원의 중심으로 들어서. 머릿속에 차오르는 뜨거운
것을 마음껏 내뱉어. 욕이어도 좋아. 싸구려 구라도 좋아.

Jesus you are a loser.
Nexus you come to closer.
Helpless mindless and again hopeless.
Why can't be reasonless?
Who made rules wisdomless?

That's a lie, such a big lose.
Ain't a white lie, are you a F boss?
I told the world is black.
You are a blackjack.

34

Grow bigger, breathe deeper.
Ain't go any further. You stupid liar!

환호성이 쏟아져. 열광적인 휘슬이 이 몸 위에 내려와. 제이
제이는 내 영어 랩에 기가 죽었는지 그대로 등을 돌려. 원을
빠져나가. 나는 잽싸게 제이제이를 쫓아가.

"제이제이, 영광이에요!"

제이제이는 코끝을 문지르며 나를 바라봐. 아무 대답도 하
지 않아.

"펀치라인 좋았어요. 근데 스캐팅 좀 배우는 게 어때요?"

헐, 이게 아닌데. 자꾸 이상한 말만 입 밖으로 나와. 제이제
이의 얼굴은 점점 더 굳어 가.

"시인 이원 알죠? 그 시인의 시들을 좀 읽어 봐요."

나는 내 입에 본드를 붙이고 싶어. 이미 쏟아진 말들이 나
를 노려봐. 제이제이는 썩은 미소를 짓더니 주머니에 손을 푹
찔러 넣어.

"담에 만나면 알아서 꺼져라."

제이제이의 뒷모습을 멍하니 바라봐. 그의 뒷모습이 사라질
때까지 천천히 눈을 끔벅거려.

망쳤어. 내 우상과의 첫 만남을 제대로 망쳤어.

나는 제이제이의 랩이 좋아. 그의 플로우는 평범할 때도 많
지만 이상하게 사람을 끌어당겨. 그것의 정체가 뭔지 아직 몰

라. 그는 펀치라인을 잘 날려. 펀치라인은 한 방을 먹이는 강력한 어구야. 그렇지만 즉흥성은 부족해. 스캐팅을 배우면 좋을 텐데.

아니, 내 말은 잊어 줘. 지금까지 내가 말한 것들은 다 쓰레기야.

소울리버가 그랬어. 랩은 기술이 아니라 정신이다. 정신이 아니라 몸이다. 몸으로 배우고 터득하고 내뱉어야 한다.

정혁

또 졌다.

이놈의 패배는 왜 익숙해지지 않는가. 왜 실패는 같은 강도로 가슴을 후벼 파는 것인가. 대진은 남은 돈을 털어 맥주를 사 왔다. 나는 맥주를 마실 기분이 아니지만 나를 위로해 주려는 대진의 성의를 생각해 술을 털어 넣었다.

처음 힙합을 접하고 전율을 느꼈을 때, 힙합을 하겠다고 선언하고 아버지에게 흠씬 두들겨 맞았을 때, 가출을 결심하고 대진이 방으로 기어들어 왔을 때의 기억이 먼 과거처럼 느껴진다. 기억이란 얼마나 덧없는 것인가. 불편한 기억은 얼마든지 버릴 수 있고, 좋은 기억은 얼마든지 화려하게 치장할 수 있다.

"형, 오늘 멋졌어요."

대진의 말에 말없이 맥주를 홀짝인다.

"잠이나 자자."

바닥에 큰대자로 눕는다. 대진은 과자 봉지와 빈 캔들을 정리하고는 이불을 가져온다. 내 곁에 조용히 이불과 베개를 내려놓고 컴퓨터 앞에 앉는다. 나는 팔로 두 눈을 가린다.

아버지는 시장에서 생선을 판다. 온종일 서서 생선을 자르고 내장을 발랐다. 생선 사세요, 물이 아주 좋아요. 아버지는 지치지도 않고 같은 말을 반복했다. 일 년 내내 몸에서 생선 비린내가 나는 아버지가 창피하기보다는 한 가지 말만 반복하는 아버지가 지겨웠다. 시장에서는 "생선 사세요." 집에 와서는 "공부해야 나처럼 안 산다." 그 말들을 입에 달고 살았다. 걸핏하면 술을 먹고 옆 생선 가게 아저씨와 몸싸움을 하는 것도 지겨웠다.

그런 아버지에게 힙합을 하겠다는 나의 말은 아버지의 삶 전체를 부정하는 것과 마찬가지로 들렸을 것이다.

"공부는 내 길이 아니라니까요."

"나처럼 살고 싶냐?"

"힙합을 하고 싶어요."

"뭘 밥?"

"힙, 합, 요."

"대합이든 홍합이든 헛소리 말고 공부나 해."

고2 첫 학기가 시작될 때였다. 학교를 그만두겠다고 했더니 아버지는 칼을 들었다. 생선 배를 가르는 칼로 내 배를 가를 기세였다. 그렇게 고래고래 고함을 지르는 아버지 모습은 태어나서 처음 봤다.

"자퇴는 안 돼!"

"아버지!"

"여기서 같이 뒈지기 싫으면 졸업장 가지고 와!"

가출하고 무작정 홍대로 갔다. 랩 배틀은 봐도 봐도 지겹지가 않았다. 운 좋게 실력이 좋은 형들 팀에 들어갔다. 배틀에 혼신의 힘을 쏟은 후 컵라면과 콜라 한 잔으로 추위와 배고픔을 이겨 내는 형들의 모습에 감명받았다. 우리는 함께 굶고 함께 가사를 썼고 함께 배틀에 나갔다. 나보다 먼저 랩을 시작한 그들에게서 많은 것을 배웠다.

하지만 팀은 곧 깨졌다. 가장 실력이 좋은 형이 갑자기 대학에 가겠다며 랩을 포기했고, 그 다음으로 실력이 좋은 형은 앨범을 내자는 제안을 받고 팀을 탈퇴했다.

이어폰을 꽂고 선이슬로의 노래를 재생한다. 뜨거운 무언가가 목을 타고 내려간다.

언제나 당신의 열정이
곧 당신의 결정

......

언제나 당신의 열정이

곧 당신의 결정

＿ 선이슬로, <Moment of Truth>

허슬 hustle 랩으로 살아남기

도건

과학 선생님이 칠판에 난자와 정자 그림을 그려. 생명 탄생의 신비에 열을 올려. 따, 분, 해. 나는 베란다에 앉아 밖을 내다보던 엄마의 뒷모습을 생각해.

"자궁의 실물이에요. 크기는 주먹만 한데 색이 참 아름답죠? 자궁의 내부는 연한 보랏빛이고 아주 말랑말랑하답니다."

상민이는 초롱초롱한 눈으로 화면을 바라봐. 녀석은 과학을 좋아해. 난자가 방출되는 동영상이야. 자궁관술이 그걸 붙잡고 자궁관간막이 펄럭대며 난소를 자궁으로 밀어내. 서서히, 하지만 분명하게 자궁이 확장돼.

"마치 숨을 들이쉬는 것 같죠?"

몇 명의 아이들이 대답을 해. 나는 과학 교과서 여백에 글씨와 기호를 끼적여. 엄마, 구멍, 플로우, 랩 배틀, 스캐팅, 그리고 제이제이……. 제이제이의 랩이 생각나.

내 몸은 살진 도넛, 겉은 하나의 덫
뻥 뚫린 하나의 구멍, 텅 빈 내면의 멍

동그라미 두 개를 그려. 하나는 작게, 다른 하나는 크게. 큰 원이 엄마처럼 작은 원을 품고 있어. 엄마 몸에 생긴 작은 원을 들여다봐. 엄마가 품고 있는 구멍의 정체는 뭘까. 아무것도 알 수가 없어. 엄마 몸에서 떨어져 나오면서 내 몸에도 구멍이 뚫렸어. 나는 어렴풋이 구멍을 느끼지만 그 구멍의 정체 또한 알 수 없어. 도대체 아는 게 하나도 없어.

김정란 시인의 시가 떠올라.「집, 조금 움직이는 여자, 여자들」의 마지막 연은 이렇게 시작해.

'집이 조금 움직인다. 떠오르는 걸까? 아마도. 왜냐하면, 여자들의 무릎에서 날개가 삐죽삐죽 솟아나기 시작했으니까.'

그 다음 문장은 충격적이야.

'여자들이 몸을 껴안고 둥실둥실 떠올랐다.'

여자들이 집 안에서 날아올라. 날개를 퍼덕이며 공기 중을 떠돌아. 여자들이 베란다로 나가 문을 열고 밖으로 뛰쳐나가는 건 시간문제야.

머릿속에서 상상이 시작돼. 엄마의 무릎에서, 허리에서, 어깨에서 날개가 솟아올라. 엄마의 몸이 둥둥 떠올라. 엄마는 베란다 문을 열고 밖으로 나가. 방금 전까지 자기가 살던 아파트를 바라봐. 똑같이 생긴 옆 아파트를 차례로 훑어. 그러고는 옆집을, 그 옆집의 옆집을 차례로 응시해. 저곳에도 여자들이 살고 있겠지. 그들에게도 날개가 생긴다면 그들 역시 집을 뛰쳐나오지 않을까. 엄마는 망설여. 여자들이 날아오르길 기다릴 것인가. 아니면 홀로 더 높은 곳으로 날아갈 것인가.

집에 오자마자 냉장고 문을 열어. 물, 우유, 치즈 몇 장이 전부야. 텅 빈 공간을 밝히는 불빛이 외로워 보여. 문을 힘껏 닫아. 빽, 하는 소리와 함께 문이 굳게 닫혀. 엄마의 냉장고는 늘 소화 불량에 걸린 환자처럼 꾸르륵대곤 했어. 속을 깨끗이 비운 냉장고는 어쩐지 편안해 보이기도 해. 그르렁거리는 소리가 안정적으로 이어지다가 잠시 끊어져. 부엌은 주인을 잃었어. 개수대 물기까지 바싹 말랐어.

안방 문을 열고 엄마가 남긴 흔적을 훑어봐. 침대 이불은 엄마의 흔적을 고스란히 안고 있어. 침대 주변으로 옷들이 어지럽게 널려 있어. 옷장 앞에는 두툼한 사진첩이 있어. 시선을 천장으로 돌려. 천장에 붙은 세계 전도가 보여. 웬 세계 지도? 침대에 누워 지도를 바라봐. 전 세계가 한눈에 들어와. 침대에 누워 세계 지도를 바라보며 엄마는 무슨 생각을 하는 걸까? 엄마는 세계 여행을 다니고 싶은 걸까?

침대에서 내려와. 베란다로 이어진 중간 창문으로 어슴푸레하게 하얀 종이들이 보여. 불투명한 유리로 되어 있는 중간 문을 열어. 다양한 종류의 지도가 모습을 드러내. 유리창에 붙어 있는 한국 전도, 수도권만 확대되어 있는 지도, 남해 지역만 확대된 남해 지도 등이야.

빨간색 동그라미로 표시된 곳들을 손끝으로 매만져. 한국 전도에 표시된 대구, 수도권 지도에 표시된 분당, 남해 지도에 표시된 통영. 나는 메모지를 가져와 세 곳을 차례로 적어. 엄마가 파업을 한 진짜 이유가 이 세 곳 중에 있다. 그런 예감이 들어.

거실로 나와. 소파에 앉아 엄마에게 전화를 걸어. 엄마는 전화를 안 받아. 다시 한 번 전화를 걸어. 지루한 벨 소리가 이어져. 휴대폰을 내던지려는 순간 엄마 목소리가 들려.

"왜?"

엄마 목소리가 냉랭해.

"어디야?"

"식탁에 이만 원 놔뒀어."

엄마의 차가운 목소리에 열이 뻗쳐. 머리가 빡 돌아.

"엄마 밥이 먹고 싶다고!"

"……."

엄마는 침묵해. 나는 엄마에게 자꾸 화가 나.

"나 중2야. 얼마나 중요한 시기인 줄 알아? 밥을 해 줘야 공부를 하지."

"배달 음식 먹으면서 해."

"진짜 이러기야? 나 가출한다?"

뚝. 엄마는 전화를 끊어. 나는 휴대폰을 소파에 던지고 부엌을 노려봐. 텅 빈 배에선 메마른 울음이 터져 나와. 배를 부여잡으면서 식탁 의자에 앉아. 식탁 위에 있는 돈을 주머니에 집어넣어.

현관문이 열리면서 아빠가 들어와. 나는 아빠에게 달려가. 아빠는 반가운 얼굴로 나를 바라봐.

"아빠, 엄마 또 없어."

"우리 도건이 배고프구나? 아빠랑 짜장면 시켜 먹을까?"

"그게 아니라, 아빤 화도 안 나?"

"왜?"

"엄마가 자기 일을 안 하잖아. 엄마는⋯⋯."

"엄마는, 밥하는 사람이라고?"

아빠가 소파에 앉으면서 나를 끌어당겨. 나는 엉겁결에 아빠 옆에 앉아.

"도건아, 작년에 외할아버지 아프셨잖아. 알고 있지?"

"응, 치매 걸리셨잖아."

"그래. 외할아버지 간호하느라 엄마가 많이 지쳤던 모양이야. 몇 달 쉬고 싶다고 하니까 우리 그렇게 해 주자."

"아빠는 내 키를 보고도 그런 말이 나와? 엄마가 건강식으로 챙겨 줘도 키가 클까 말까인데 이게 뭐냐고!"

"도건아……."

소파에서 벌떡 일어나 누나 방문을 두드려. 책상에 앉아 있는 누나의 팔을 툭툭 쳐. 누나는 귀찮다는 듯 이맛살을 찌푸려.

"또 왜?"

"돈 좀 빌려줘."

"식탁에 있잖아."

"그 돈으론 모자라. 돈 더 있지?"

"뭘 먹으려고 이래?"

"가출할 거야."

누나가 손바닥으로 내 뒤통수를 세게 쳐.

"왜 때려?"

"너까지 왜 이래?"

"엄마 골탕 먹이려면 이 수밖에 없어."

누나가 나를 노려봐. 나도 지지 않고 눈에 힘을 팍 줘.

"너 가출해도 엄마 아빠는 눈 하나 깜짝 안 해. 우리 강하게 키우는 거 몰라?"

"그래도 나갈 거야. 복수할 거야."

"지금 엄마한테는 엄마만의 시간이 필요해. 분란 만들지 말고 조용히 기다려. 피자 시켜 줄게."

정말 대단하시다. 엄마만의 시간이라……. 뭐든 멋들어지게 얘기하는 누나님에게 박수갈채라도 보내고 싶은 심정이야. 나는 누나의 방문을 세게 닫고 내 방으로 들어와.

그날 밤 나는 한 가지 결심을 해. 엄마 몸에 생긴 구멍의 정체가 뭔지 알기 전엔 집에 돌아오지 않겠다. 바싹 물기가 메마른 부엌은 더 이상 내 집이 아니야. 내가 저녁을 먹었는지 안 먹었는지 아무 관심도 없는 엄마는 엄마도 아니야.

정혁

대진을 퇴근시키고 가게를 둘러본다. 아저씨가 쭈그리고 앉아 족발을 손질하고 있다. 사장도 주방 아줌마도 벌써 퇴근했는지 보이지 않는다.

"퇴근 안 하세요?"

"먼저 해라."

나는 헬멧을 손에 든 채 주방으로 간다. 아저씨는 면도칼로 돼지 발가락 사이의 때를 벗기는 중이다. 나는 아저씨 곁에 쭈그려 앉는다.

"그렇게까지 해야 돼요?"

"여기 털을 잘 벗겨야 먹는 사람이 탈이 안 나는 거야."

아저씨는 말을 끝내자마자 입을 앙다물고 작업에 몰두한다.

"아저씨는 족발이 좋아요?"

내 말에 아저씨는 잠시 나를 힐끗 바라보다가 다시 족발을 본다.

"동우는 족발 냄새가 싫대요."

"싫어할 건 또 뭐 있어. 매일 보고 만져야 하는데."

나는 아저씨가 면도칼로 족발 다듬는 모습을 한참 바라본다. 아저씨도 입을 다문 채 오직 자신과 족발만이 존재하는 것처럼 집중한다. 아저씨는 행복해 보인다. 지금이 아저씨가 유일하게 미간을 찌푸리지 않는 순간이 아닐까 싶다.

"나는 서른 후반에 내 꼬리뼈가 기형인 걸 알았거든."

"네?"

"처음엔 당황했지. 기형이라고 하니까. 오래 앉아 있으면 아플 수 있으니 둥그런 구멍이 뚫린 도넛 방석을 추천하더라."

나는 머리가 하얗게 세기 시작한 정형외과 의사가 아저씨에게 도넛 방석을 추천하는 광경을 상상해 봤다.

"그런데 족발을 다듬다 보니 알게 됐다. 기형이란 단어에 쫄 필요 없다는 걸 말야. 애들 발 모양과 털 종류가 얼마나 다양한지 모르지?"

아저씨는 15년 동안 다닌 자동차 부품 회사에서 스페이서에 머리를 맞고 쫓겨났다고 했다. 노조원들은 회사에서 용역을 부를 줄 몰랐고, 그 용역들이 자신들을 개 패듯 팰 줄은 더더욱 몰랐다. 동료들이 곤봉을 맞고 쓰러질 때 아저씨는 필사적으로 도망쳤다. 한참 달리다가 뒤를 돌아봤을 때 검은색 양복을 입은 용역 무리가 시커먼 그림자처럼 아저씨를 덮쳐 왔다. 겁이 난 아저씨는 자빠졌고 용역 중 한 명이 스페이서를 던졌다. 끝이 뾰족한 스페이서는 화살처럼 빠르게 날아와 아저씨 머리를 때렸고, 아저씨는 기절했다.

"내가 공들여 만든 부품에 내가 맞고 기절을 했으니 생각해 봐라. 얼마나 기가 맥힌 노릇인지."

아저씨는 그 이야기를 할 때마다 후렴구처럼 덧붙였다. '기가 막힌'이 아니라, '기가 맥힌' 노릇이라고.

"병원에서 눈을 떴더니 아내가 원망하는 눈초리로 나를 보더라. 머리 아픈 건 잊을 정도로 마음이 아팠지. 간신히 눈물을 참고 주변을 둘러봤다. 곤봉이나 자동차 부품에 맞아 만신창이가 된 동료들이 눈에 들어왔어. 아무도 울지 않더라."

경찰에게 살려 달라고 애원하던 동료들의 목소리도 방패를 짚고 구경만 하던 경찰들도 잊을 수가 없다고 했다. 아저씨는 노조를 탈퇴했다. 배신자라는 꼬리표는 용역의 곤봉보다 더 무섭고 질겼다.

"족발이 좋으냐고 물었지? 족발 자체는 좋지도 싫지도 않아. 근데 이렇게 족발을 다듬는 시간은 참 좋아. 적어도 족발은 나한테 거짓말은 안 하니까. 내가 일한 만큼 깨끗해지고 맛있어지니까."

아저씨 이야기로 랩 가사를 만든다면 어떨까. 이 '기가 맥힌' 이야기를 언젠가는 꼭 랩으로 만들겠다고 다짐했다.

도건

커다란 배낭을 메고 홍대를 누벼. 다들 내 배낭을 흘끔거리지만 묻지 않아. 다가오지 않아. 터치하지 않아. 밤의 홍대는 낮과 달라. 진짜배기 흥을 즐기러 온 사람들의 기대감이 거리 곳곳을 메워.

제이제이가 자주 죽치는 윗잔다리 근처로 가. 제이제이는 보이지 않고 그와 자주 어울리는 사람들 얼굴이 보여. 오늘 밤 제이제이는 어디에 있는 걸까. 내 눈은 제이제이만을 찾고 있어. 지난번 일이 마음에 걸려서 그러나 봐.

집을 나왔는데 갈 곳이 없어. 뾰족한 수가 있는 것도 아니지만 일단 쫄지 않아. 몇 끼 굶는다고 죽는 건 아니니까.

"WB?"

제이제이와 딱 붙어 다니는 남자가 내게 말을 걸어. 내가 알기론 그라인드코어를 하는 사람이야.

"더블유 비라뇨?"

"Weird Boy. 제이제이가 너한테 붙여 준 별명이야."

그라인드코어를 하는 남자는 아이돌을 해도 될 만큼 잘생겼어. 꽃미남이라고 할까. 하얀 피부에 짙은 눈썹, 적당하게 솟은 코, 붉은 입술이 눈에 확 띄어. 여자들이 줄줄이 따라붙을 얼굴이야. 여자를 사귀기엔 좋겠지만 그라인드코어를 하기엔 나빠.

"제이제이는요?"

"오늘 안 나왔어."

"왜요?"

"……."

"내일은 나와요?"

"글쎄."

"제이제이랑 같이 살아요? 제이제이도 허슬 알바 해요?"

"질문이 많은 꼬마네."

꽃미남이 나를 귀엽다는 듯 내려다봐. 꼬마라니. 자존심이 상해. 한 방 먹여 줘야겠군.

"형은 진짜 잘생겼고요."

내 말에 담긴 조롱을 느꼈는지 꽃미남의 얼굴이 약간 굳어.

"내 얼굴이 그라인드코어와 안 맞는다, 이 말이지?"

어라, 눈치 하나는 빠르군. 나는 눈동자를 굴리며 꽃미남의 시선을 피해.

"나도 그렇게 생각했어. 그래서 잠도 안 자 보고 폭식도 해 봤어. 수척해 보이거나 살이 찌면 얼굴이 좀 망가질까 싶어서. 근데 여친이 그러더라고. 얼굴에 신경 쓰지 말라고. 목소리가 전부라고. 이미 내 목소리는 그라인드코어 자체라고."

목소리가 전부다. 그런 이야기를 해 주다니. 멋진 여친이군.

"그런데 그라인드코어가 뭐예요?"

나는 모르는 척 질문해.

"그라인드는 빠르고 짧은 비트로 목을 긁거나 갈아 대는 기법을 뜻해. 우린 하드코어보다 더 막장 같은 음악, 쓰레기보다 더 쓰레기 같은 음악을 지향해. 기타 리프에 펑크가 들어갈 수도 있고 드럼 비트에 트로트 느낌을 섞을 수도 있지."

꽃미남의 설명이 이어져. 다양한 짬뽕과 무한한 변주가 가능하다는 점, 듣는 사람을 고려하지 않고 자기가 하고 싶은 음악을 마음껏 할 수 있다는 점, 음악의 수익을 가로채는 유통사를 무시하고 스스로 음악 생산 조합을 만들어 유통시킨다는 점에서 그라인드코어를 하는 건 홍대에서도 가장 혁명적인 일이라고.

꽃미남의 목소리를 가만히 듣고 보니 맞는 말 같아. 그의 목소리는 얼굴과 전혀 어울리지 않을 정도로 걸걸해. 묵직한 저음이 내는 탁한 소리, 싸구려 드럼이 조악하게 통통 울리는 소리 같아. 멋진 여친의 말처럼 그라인드코어와 어울려.

"이거 제이제이한테 전해 줄래요?"

꽃미남에게 시집을 내밀어. 그는 눈을 동그랗게 뜨고는 시집을 받아. 중요한 물건을 하사받는 사람처럼 두 손을 모아, 공손히. 그러고는 내 배낭을 바라봐.

"집 나왔니?"

대답을 머뭇거리자 그는 제이제이와 자신은 족발 가게에서 일한다고 말해.

"웰빙 족발에서 허슬 해."

래퍼들은 생계를 위해 무슨 일이든 닥치는 대로 해. 그러면서도 랩을 게을리하지 않아. 그게 허슬이야. 말 그대로 애쓰는 거야. 랩이 돈이 안 되는 경우가 많으니까. 돈을 벌지만 그렇다고 랩을 포기하지 않아.

어느 정도 인정받으면 무대를 차지할 기회를 얻지만 그러지 못하면 홍대에서 프리스타일 랩을 해. 제이제이는 아직 자리를 잡지 못한 수많은 래퍼들 중 하나야. 제이제이보다 실력이 뛰어난 래퍼는 많아. 그게 현실이야. 하지만 나를 끌어당기는 랩은 제이제이의 랩뿐이야.

꽃미남과 헤어지고 지욱이에게 전화를 걸어.

"나 집 나왔다."

"학교는?"

"가야지."

"그게 뭔 가출이냐?"

학교를 빠질 순 없어. 그러면 일이 복잡해질 게 뻔해. 지욱은 잠시 뜸을 들이다가 말해.

"어쩌면 말이야……. 너네 엄마가 파업을 한 이유, 외로움 때문 아닐까?"

지욱이가 풀어 놓는 썰은 상민이의 기생충 숙주 조종설을 이길 수 있을 것인가.

"방금 뇌과학자 책을 읽었는데, 사람에겐 평균적으로 150명 정도의 인간관계가 필요하대. 너네 엄마, 친구 별로 없지?"

공부를 너무 많이 하면 사람 버린다는 말. 틀린 말이 아니야. 녀석은 점점 진상이 되어 가고 있어.

"시끄러. 너네 엄마처럼 우르르 몰려다니는 떼줌마들 때문에 아줌마 전체가 욕을 먹는 거야."

분이 다 안 풀려. 이럴 땐 사람의 약점을 잡아채야 해.

"영어 공부, 너 혼자 해."

전화를 확 끊어 버려. 잠시 복수의 통쾌함이 몸을 훑고 지나가. 말도 안 되는 소리 하고 있어. 엄마가 외롭다고? 누나랑 내가 있는데도?

누나는 백일장마다 상을 타 오고 엄마가 그토록 바란 문예창작과에 입학했어. 누나는 공부도 잘했어. 중1 첫 중간고사를 빼곤 한 번도 반에서 1등을 놓친 적이 없어. 나도 바닥은 아니야. 벼락치기를 해도 성적이 곧잘 나와. 머리 하나는 타고났다니까.

누나가 상장이나 성적표를 내밀면 엄마는 미소 지으면서 누나 머리를 쓰다듬어 줬어. 매콤한 무말랭이무침을 넣어 김밥을 말아 주고, 감자와 치즈를 듬뿍 얹어 피자를 구워 줬어. 기분이 최상일 땐 내장을 제거한 새우에 전분을 묻혀 칠리새우볶음을 만들었어. 우리가 허겁지겁 새우를 입에 넣으며 맛있다고 말하면 엄마는 흐뭇하게 웃었어. 그 웃음에 외로움 따위는 없었어.

나는 주머니에서 종이를 꺼내. 종이엔 대구, 분당, 통영이라고 적혀 있어. 멍하니 먼 곳을 응시해. 간판 불빛으로 반짝이는 거리에 시선을 빼앗겨. 홧김에 가출했지만 갈 곳이 없어. 가족들은 전화 한 통이 없어. 서글프기도 하고 흥분되기도 해. 앞으로 어떤 일들이 펼쳐질까.

정혁

대진이 내민 시집은 이원 시인의 『세상에서 가장 가벼운 오토바이』였다. 정말 이원이라는 시인이 존재한다는 사실보다 더 충격적인 것은 시의 내용이었다.

"대진아, 네 별명을 정했다."

내 말에 대진이 바짝 가까이 다가왔다.

"넌 이제부터 '영웅'이야."

"영웅……?"

시집 끝 장에 짧은 메모가 적혀 있다.

'이 시들을 사랑하게 될 겁니다.'

더블유 비는 정말 엉뚱한 녀석이다. 작은 키에 어울리지 않는 담대한 눈빛, 귀를 사로잡는 낭랑한 목소리, 현란한 비트박스 실력과 유창한 영어 랩…….

자꾸 가슴이 떨린다. 「영웅」이라는 시 때문이다.

달리는 오토바이에서 나도 가끔은 뒤를 돌아봐
착각은 하지 마 지나온 길을 확인하는 것이 아니야
나도 이유 없이 비장해지고 싶을 때가 있어
생이 비장해 보이지 않는다면
대단해 보이지 않는다면
어느 누가 온몸이 데는 생의 열망으로 타오르겠어

_ 이원, 「영웅」

비장, 생의 열망, 타오르다……. 시어들이 내 몸에 박혀 온
종일 몸을 움직일 수가 없을 정도다. 이런 거구나. 시인들이란
이런 존재들이구나. 내가 백날 넘게 오토바이를 타도 느낄 수
없는 것을 느끼는 사람들이구나. 그것을 정확한 언어로 표현
해 내는 사람들이구나.

나는 대진에게 시를 읽어 줬다. 대진이도 무한한 감동을 받
은 듯 병 찐 표정을 지었다고 생각했는데 그건 나만의 착각이
었다.

시를 다 듣고 나서 대진이 처음으로 꺼낸 말은 이거였다.

"형, 근데 중력이 뭐예요?"

무식한 놈. 이러니 배달들이 욕을 먹는 거다.

"영웅은 개뿔. 취소, 취소!"

오늘도 대진과 나는 길 위에 있다.

달리는 오토바이에서 홱 뒤를 돌아봤다. 내가 지나온 길이

보였고 이미 과거가 된 풍경들이 도시의 소음 사이로 아스라이 모습을 드러냈다. 으르렁거리는 오토바이의 심장을 느끼며 생의 열망으로 타오르는 순간을 생각했다. 순수한 생의 열망, 오직 하나밖에 남지 않은 생의 에너지. 그것은 어디에서 비롯해 어디로 사라지는 것일까.

처음 오토바이를 탔을 때를 기억한다. 허름한 오토바이가 마음에 들지 않았다. 매캐한 배기가스를 내뿜으며 위태롭게 곡예 운전을 하지 않으면 배달 시간을 맞출 수 없다는 점도 마음에 걸렸다. 배달들은 몸을 보호하는 장비 없이 맨몸으로 오토바이를 탄다. 고속도로에서 사고가 나도 멀쩡할 것 같은 SUV들이 옆에 서면 벌거벗고 있는 듯한 느낌이 든다.

그래도 오토바이를 타야만 했다. 오토바이는 내게 유일한 밥줄이었으니까. 시간이 지나 적응을 좀 하자 오토바이를 타면서 허슬 하는 것이 스스로 뿌듯하기도 했다. 왜냐하면 랩은 가난하게 살았던 흑인들에게서 시작되었고 흑인들은 가난하고 위험한 게토에서 살아남기 위해, 또 그곳을 벗어나기 위해, 가족들을 먹여 살리기 위해 누구보다도 성실하게 허슬 했으니까.

아저씨가 출근하면서 가게 안은 분주해진다. 주문이 밀려들고 배달이 끊임없이 이어진다. 나와 대진도 바쁘다. 담배 피울 시간조차 없이 계속 족발을 나른다. 밤 열 시쯤 사장이 아저씨에게 잔소리를 늘어놓으며 퇴근 준비를 한다. 아저씨는 사장 얼굴을 힐끔거리며 눈치를 살핀다. 동우는 족발을 포장하면서, 나는 믹스 커피를 홀짝이면서 아저씨를 바라본다.

"사장님, 저……."

사장은 귀가 막힌 연기를 기가 막히게 해낸다. 사장이란 사람들은 어떻게 말투만으로 누가 자기한테 뭘 부탁하리라는 것을 알아차리는 걸까.

"사장님, 가불 좀 해 주세요."

평소 누구보다 당당하게 일하는 아저씨다. 그런 아저씨도 자식과 연관된 일에는 금세 허리를 굽히고 비굴하게 눈을 내리깐다.

"부탁드릴게요. 아이가 또 수술 받아야 해서요."

사장은 똥 씹은 표정으로 차 열쇠를 만지작거리다가 아저씨를 노려본다. 그때 나는 보고야 만다. 구멍이 뚫리기 직전인 아저씨 양말의 앞코를…….

"사람이 염치가 있어야지. 이게 벌써 몇 번째인 줄 알아?"

사장의 목소리에 짜증이 섞인다. 내 눈과 동우의 눈이 마주친다.

"그 소리 또 할 거면 그만둬."

그만두라는 말을 툭 던져 놓고 사장은 가게를 빠져나간다. 아저씨는 고개를 숙인 채 자기 자리로 돌아가 쌈장을 스티로폼 그릇에 담는다. 주문 전화가 울리자 동우는 재빨리 전화기로 달려간다.

잠시 주문이 뜸한 틈을 타 늦은 저녁을 먹는다. 아줌마표 김치찌개는 맛이 늘 끝내준다. 김치찌개 냄새가 가게 안을 가득 채우지만 누구도 선뜻 숟가락을 들지 못하고 아저씨 기색을 살핀다. 저쪽에서 멍하니 텔레비전만 바라보는 아저씨를 아줌마가 부른다. 아저씨는 그제야 저벅저벅 걸어와 의자에 앉는다. 아저씨가 젓가락으로 깨작깨작 밥알을 집어 올리자 대진과 나도 수저를 든다.

"내가 처음 한 일은 화장실 청소였어."

아줌마가 열심히 찌개에 밥을 비벼 먹으면서 말한다. 누가 방금 싸고 간 똥을 처음 봤을 때를 잊을 수가 없다고. 빛깔이 선명한 똥과 똥이 가득 찬 변기를 통해 누군가와 자신이 연결되어 있다는 사실을 깨달았다고.

"밥 먹잖아요. 왜 자꾸 똥 얘길 해요?"

동우가 볼멘소리를 한다. 그러거나 말거나 대진은 땀을 뻘뻘 흘리면서 밥을 먹는다.

"밥이 똥이고, 똥이 밥이여."

아줌마 말에 하마터면 입에 넣었던 음식을 다 내뿜을 뻔했다. 나는 겨우 웃음을 참는다. 아줌마 말투가 웃겼다. 그런데 묵묵히 밥만 먹고 있는 아저씨의 옆모습을 보자 웃음기가 쏙 들어갔다.

"첫 일을 생각해 보란 말이여. 그러면 지금 하고 있는 일에 감사하게 된단 말이여."

아줌마가 목청을 높였다. 나는 알고 있다. 아줌마는 아저씨에게 자기만의 방식으로 위로를 던지고 있다는 것을. 그렇지만 나는 밥을 먹는 내내 아저씨의 양말을 훔쳐보면서 다른 사람의 마음을 위로한다는 게 얼마나 어려운 일인지 느끼고 있다. 닳고 닳아서 곧 구멍이 뚫리고야 말 양말은 내게 선전 포고를 한다. 함부로 아는 척하지 말고, 함부로 위로의 말을 던지지 말라고. 그럴 바에는 차라리 입 다물고 있으라고.

"안녕하세요?"

카랑카랑한 목소리에 우리는 가게 입구를 쳐다본다. 녀석이다. 자기 상체보다 더 거대한 큼직한 배낭을 메고 기이한 기운을 내뿜는 더블유 비가 족발 가게에 모습을 드러냈다.

도건

제이제이는 플라스틱 의자에 앉아 계속 담배를 피워. 꽃미남은 내게 의자를 갖다주더니 커피를 마시겠느냐고 물어. 나는 고개를 가로저어. 먼 곳을 응시하는 제이제이의 얼굴을 주시해. 그는 오래도록 말이 없어. 간판의 형광등이 오래됐는지 '족' 자가 희미해. 나는 어색한 침묵을 견뎌.

"일이 필요하다고?"

제이제이가 물어.

"가출했어?"

나는 가만히 고개를 끄덕여.

"꼬마야, 돌아가."

"......."

"여기엔 네가 할 일이 없어."

제이제이가 침을 뱉으며 일어나.

"난 꼬마가 아니야."

단호한 내 목소리에 제이제이가 고개를 돌려. 처음으로 내 얼굴을 바라봐.

"키가 작을 뿐이라고."

꽃미남이 손바닥으로 내 뒤통수를 갈겨.

"어디서 반말이야."

뒤통수를 문질러. 곱상한 얼굴에 안 어울리게 손이 진짜 매워.

"담에 만나면 알아서 꺼지라고 했을 텐데 제 발로 찾아와?"

제이제이가 내 쪽으로 한 발 다가와. 그의 큰 키에 주눅이 들지만 쫄지 않은 척해. 제이제이의 얼굴을 올려다봐.

"너, 내가 우스워?"

"자투리 일이라도 시켜 줘요. 주문 전화도 받을 수 있고 청소도 할 수 있어."

꽃미남이 다시 뒤통수를 쳐.

"이게 또."

나는 눈 하나 깜짝 않고 제이제이를 째려봐. 제이제이는 담배꽁초를 휙 던지고는 가게 안으로 들어가. 나는 재빨리 제이제이의 뒤를 쫓아 들어가. 이 타이밍을 놓치면 집으로 돌아가야 한다는 걸 직감적으로 알아. 나는 큰 소리로 외쳐.

"엄마가 집을 나갔어요! 엄마를 찾으러 가려면 돈이 필요하다고!"

어디서 그런 거짓말이 튀어나왔는지 나도 몰라. 그냥 거짓말이 입에서 툭 튀어나왔어. 가게 사람들이 제이제이와 나를 번갈아 쳐다봐.

"셋 셀 동안 안 꺼지면 진짜 한 대 맞는다."

제이제이는 무섭게 미간을 찌푸리면서 내 앞으로 걸어와.

"안 꺼져?"

"내가 도울게요."

"뭘?"

"다시는 지지 않게 도울게요."

"뭐라고?"

"랩 배틀 말예요."

걸려들었어. 제이제이의 눈빛이 흔들려. 역시 사람을 움직이려면 약점을 건드려야 해.

정혁

꼬마의 까만 눈동자가 나를 들여다본다. 녀석은 입술을 야무지게 다물면서 초롱초롱한 눈빛으로 내게 말을 건다.

당신이 패배에 약하다는 걸 안다. 당신이 스캐팅에 약하다는 걸 누구보다도 잘 안다. 내가 부족한 점을 메워 주겠다. 날 한번 믿어 봐라.

정말 이상한 녀석이다. 눈빛으로 말을 하다니.

대진은 꼬마를 식당에서 쫓아냈다. 꼬마는 큼직한 배낭을 옆에 세워 두고 식당 앞에 계속 서 있다. 가게 문을 닫을 시각이다. 대진은 오토바이들을 정리하고 동우는 가게 안을 청소한다. 부엌 정리를 마친 아줌마가 아저씨와 함께 퇴근한다. 나는 포장 그릇을 정리하면서 식당 밖을 힐끔거린다. 꼬마는 두 손을 주머니에 넣은 채 고개를 푹 숙이고서 자신의 신발 앞코만 하염없이 바라보고 있다.

언제부터였을까. 내가 재능이 부족하다는 사실을 깨달은 게. 승승장구하던 팀의 리더 소울리버가 앨범 계약을 따냈을 때? 나보다 실력이 없다고 무시했던 놈들이 배틀 대회에서 우승하고는 바로 방송을 탔을 때?

랩 배틀에서 즉흥성은 가장 중요한 요소다. 상대방의 라임을 역으로 이용하거나 현장의 소재를 적절하게 활용해 역공을 펼치는 능력. 그런 능력이 내겐 부족했다. 꼬마 녀석이 지적하듯 스캐팅도 잘 늘지 않았다. 생각을 거듭해서 랩 가사를 쓰는 일은 즐거웠지만 랩 배틀에만 가면 상대의 기세에 눌렸다. 그런 나를 두고 소울리버는 다른 사람과 데뷔하겠다고 말했다.

"배신 때리는 일이란 거 알지만 미안하다. 프로 세계가 얼마나 살벌한지 너도 잘 알잖아."

재능이 없다는 사실을 깨닫고 잠깐이지만 랩을 포기한 적도 있다. 알바를 하나 더 늘려 돈 버는 데만 집중했다. 잠자는 시간이 부족할 정도로 일을 했는데도 통장 잔고가 늘지 않았다. 운동화 때문이었다. 랩과 멀어진 뒤 가슴이 답답할 때마다 운동화를 샀다. 꿈을 포기했다는 자책감에, 앞으로 무얼 하며 살아가나 하는 막막함에, 길거리를 걷다가 랩을 들으면 기분이 더러워져서, 가슴을 채우는 허전함에, 내 젊음이 불쌍해서, 일이 고되단 핑계로, 엿 같은 일들이 아무렇지 않게 벌어지는 걸 아무렇지 않게 받아들여야 하는 알바생 처지여서, 그 엿 같은 일들을 바꿀 수 없다는 무력감에, 아무것도 바꿀 힘조차 없으면서 그동안 랩으로 언어로 세상을 바꿀 수 있다고 실컷 떠들고 다녔다는 쪽팔림에……. 그렇게 돈을 흥청망청 쓰다 보니 늘 돈이 부족했다.

그런 나를 붙잡아 준 사람은 대진이었다. 대진은 갑자기 신발장을 열고 내가 산 운동화를 전부 꺼냈다. 내가 남의 물건을 왜 만지느냐고 짜증을 내자 대진은 내게 운동화들을 던졌

다. 내가 벌떡 일어나 욕을 쏟아 내자 대진은 나를 쏘아보며
한마디 했다.

"이렇게 살 거면 집으로 들어가요. 형 아버님께 전화 드렸
어요."

나는 내가 아는 온갖 욕을 지껄이면서 대진의 멱살을 잡았
다. 그동안 한없이 순하기만 하던 대진도 가만있지 않았다. 우
리는 한참 동안 서로의 멱살을 붙든 채 방 안을 뒹굴며 씨름
했다. 서로 상위를 차지하려고 안간힘을 쓰다 보니 땀이 비
오듯 흘렀다.

대진의 목을 누른 채 숨을 헐떡이며 내가 물었다.

"정말 전화했어?"

"아뇨."

몸에서 스르르 힘이 빠져나갔다. 내가 힘을 빼자 대진은 숨
을 고르며 미소를 지었다. 남자인 나도 마음이 설렐 정도로
맑고 환한 미소였다. 대진의 깜찍한 거짓말이 고마웠다. 나는
천장을 바라보며 점점 차분해지는 내 숨소리를 들었다. 땀과
함께 눈물 한 방울이 흘렀다.

"세상의 기준이 아니라 형의 기준으로 형을 들여다봐요. 세
상의 기준에선 패배지만 형의 기준에선 승리일 수도 있고, 세
상의 기준에선 성공이지만 형의 기준에선 패배일 수도 있잖
아요."

랩을 하러 홍대로 몰려드는 아이들은 대부분 랩을 통해 성

공하고 싶어 했다. 방송을 타고 유명한 가수의 노래에 피처링하는 래퍼들을 부러워했다. 예능이나 행사로 돈을 벌어 레이블을 차린 래퍼들을 동경했다.

대진은 유명해지고 싶지 않다고 했다. 자본 대신 자유를, 명성 대신 혁명을 꿈꿨다. 듣는 사람을 위한 음악이 아니라 하는 사람을 위한 음악, 쓰레기로 취급받아도 좋으니 세상에 흠집을 낼 수 있는 쓰레기, 세상에 섞여 들어가는 조화가 아니라 끊임없는 변화와 시도. 그것이 대진이 걷고 있는 길이었다. 그런 대진 앞에서 나는 종종 부끄러웠다.

여전히 나는 내가 재능이 없다고 생각한다. 그리고 나는 변하지 않는 사실 몇 가지를 알고 있다. 세상에는 재능을 타고난 사람과 아무리 노력해도 안 되는 사람이 있다는 것을. 재능과 함께 행운이라는 것을 쉽게 잡는 사람이 있는 반면, 아무리 발버둥 쳐도 행운 근처에도 가지 못하는 사람이 있다는 것을.

다시는 지지 않게 도울게요.

나는 꼬마의 말에 흔들리고 있다. 꼬마의 랩을 처음 들었을 때를 분명히 기억한다. 꼬마는 또래들보다도, 꼬마보다 나이 많은 애들에 비해서도 실력이 뛰어났다. 발음이 정확했고, 아는 것이 많았고, 단어를 낚아채 즉흥적으로 배열하는 능력이 좋았다. 꼬마의 랩을 들으면서, 비트박스에 맞춰 고개를 끄덕이면서, 재능을 타고난 사람들에 대해 생각하지 않을 수 없었다.

흐름을 타라!

도건

배가 고파. 발끝이 시려. 시린 정도를 넘어 발가락이 딱딱하게 굳어 가. 엄마는 내가 이 늦은 시간에 동태가 되어 가는 것도 몰라. 안다고 해도 걱정도 안 할 거야.

휴대폰이 울려. 누나야.

"어디니?"

"알아서 뭐하게."

누나가 길게 한숨을 쉬어.

"소용없어. 너 이런다고 뭐가 달라질 것 같아?"

누나의 말이 가슴을 콕콕 찔러. 시를 쓰는 사람이면 말을 더 예쁘게 해야 하는 거 아니야?

"엄마는 나 안 찾아?"

"안 찾아."

"아빠는?"

"사내 녀석들은 가출도 하는 거래."

"……."

"멍청한 쇼 그만하고 들어와."

시를 쓰는 게 잘 안 풀리는 모양이야. 누나는 그럴 때마다 신경이 곤두서. 말에 송곳을 달아.

"엄마가 나 찾으면 연락해 줘."

전화를 끊어. 배에서 꼬르륵 소리가 들려. 몸 안이 텅 빈 것 같아. 점심도 대충 과자로 때웠는데 저녁도 먹지 못했어. 지욱이 말이 맞을지도 몰라. 엄마는 외로워서 우울증에 걸린 건지도 몰라. 우울증은 무서운 병이잖아. 그러니 자식이 안중에 없을 수도 있잖아. 그래도 화가 나. 나는 엄마에게 문자를 보내.

'엄마가 자식한테 이렇게 무책임해도 돼?'

어제 일이야. 점심시간에 상민이가 다시 기생충의 숙주 조종설을 주장했어. 자기 주장을 내가 가차 없이 팽개치는데도 상민이는 화 한 번 안 냈어. 그러는 내게 상민이는 책 한 권을 내밀었어. 우리가 잘 몰라서 그렇지, 인류 역사에서 얼마나 많은 기생 생물이 우리를 조종했는지 모른다는 거야. 그들은 우리가 해서는 안 되는 일을 하게끔 하고, 해야 하는 일을 하지 못하게 조종했대. 글쓴이는 동물 행동학자인데 기생충에 감염

돼 날마다 바위 위를 기어오르는 바다달팽이 이야기를 들려줬어. 갈매기들의 먹잇감이 돼야 번식을 마칠 수 있는 기생충이 바다달팽이를 사지로 내몬 거야.

그렇다면 말이지, 단종을 내치고 왕좌에 오른 비정한 숙부 세조도, 자식을 뒤주에 가둬 죽인 영조도, 대한 제국을 일본에 팔아넘긴 이완용도 기생 생물의 조종을 받아서 그런 일들을 벌인 걸까? 제이제이와 내가 랩에 목숨을 거는 것도, 지욱이가 성적에 목숨을 걸고 상민이가 미드에 환장하는 것도, 꽃미남이 그라인드코어를 하는 것도 모두 기생충이 시킨 거라고? 내가 가출해서 제이제이를 찾아온 것도 모두 기생충 짓이란 말이지?

가게 문이 열리면서 꽃미남이 얼굴을 내밀어.

"들어와."

꽁꽁 언 발을 간신히 이끌고 가게 안으로 들어서. 가게 안에는 제이제이와 꽃미남, 그리고 완전 범생으로 보이는 남자가 식탁에 앉아 있어. 식탁에는 모락모락 김이 나는 컵라면 네 개가 보여. 나는 침을 꼴깍 삼켜.

"와서 앉아."

제이제이의 목소리는 여전히 딱딱하지만 나는 허기를 이기지 못하고 얼른 플라스틱 의자에 앉아. 제이제이와 범생이가 젓가락으로 컵라면의 면발을 휘휘 젓자 꽃미남도 젓가락을 들어. 나는 뜨거운 국물부터 마셔.

"앗 뜨거!"

데인 혀를 젓가락으로 쿡쿡 눌러.

"천천히 먹어."

꽃미남이 부드러운 목소리로 말해.

"당분간 우리 집에서 지내. 당장 갈 데도 없지?"

꽃미남이 말해. 따뜻한 꽃미남의 눈빛에 감동을 먹어.

"조건이 두 가지 있어."

제이제이가 컵라면을 바라보면서 말해.

"랩 배틀엔 져도 돼. 단, 네가 가진 노하우를 공유해 줘."

나는 고개를 끄덕여.

"그리고 밤 열한 시 이후엔 사장이 들어가니까, 나와서 심부름을 해."

후루룩 면발을 먹던 범생이가 끼어들어.

"저 꼬맹이한테 랩을 배우겠다는 거야? 말도 안 돼."

나는 범생이를 노려봐.

"어쭈, 한 대 치려고?"

어휴, 저 공부만 한 범생이를 그냥……. 나는 컵라면 먹는데 집중하고자 노력해.

"형, 저도 좀 그래요. 형이 얘한테 배울 게 뭐가 있겠어요."

얼씨구. 꽃미남도 범생이 편을 들어.

"나이가 중요한 게 아니야."

제이제이가 자리에서 일어나면서 담뱃갑과 라이터를 챙겨.

"내가 부족한 게 있으면 배워야지."

제이제이가 가게를 나가자 꽃미남도 따라 나가.

"너, 공부 못하지."

범생이가 자꾸 까불어. 나는 꿋꿋이 컵라면을 먹으면서 대답해.

"전교 11등인데요."

이건 지욱이 등수야. 범생이가 눈을 동그랗게 떠.

"근데 왜 랩을 해? 의사나 검사를 해야지."

"제 영혼이 기뻐하니까요."

"뭐?"

"랩을 하면, 제 영혼이 행복해하거든요."

"영혼? 이거 진짜 또라이네."

"형은 딱 공부만 했죠? 딱 성적에만 신경 썼죠?『파우스트』나『그리스인 조르바』는 읽어 본 적 없죠?"

범생이 얼굴에 그늘이 져. 따분한 인간이야. 약점을 찾기 쉬울수록, 약점이 빤할수록 지루한 캐릭터일 확률이 커.

"그래, 나 독서랑 거리 멀다. 자습서랑 문제집만 열라 공부해서 대학 갔다. 그래서 뭐?"

범생이가 목청껏 열변을 토해. 날이 선 목소리가 거슬려.

"잘난 척 그만해. 똑똑한 척하지 말라고. 부모가 주는 용돈으로 사는 네가 알긴 뭘 알아? 개뿔. 나도 네 나이 땐 세상이 간단해 보였어. 쉽다고 착각했다고. 사는 거, 만만치 않아. 랩?

꿈? 좋지. 멋있지. 근데 밥은? 밥은 중요하지 않아? 아까는 허겁지겁 컵라면을 먹어 놓고서 이제 와서 밥보다는 꿈이라는 거야? 꿈도 밥을 먹어야 꿀 수 있는 거야."

"애초부터 꿈이 없는 거랑, 밥을 위해 잠시 꿈을 미루는 건 다른 거예요. 돈을 벌면서 꿈을 꾸는 거랑 돈 뒤에 숨어서 꿈이 사치라고 말하는 건 다르다고요."

범생이와 대화를 끝내고 싶어. 갑자기 피로가 몰려와. 졸음이 쏟아져. 멀리서 피노다인의 목소리가 들리기 시작해.

대학을 졸업해도 여전히 듣고, 보고, 말하는 게 어려운 헬렌 켈러들.
내 사랑하는 가족 빼고는 모두 싫어할 준비를 마친 Hater들.
......
공부가 본분인 삶. 돈봉투에 몸부림치는 삶.
내 동무를 속물로 만드는 삶. Everybody say "PISH"

__ 피노다인, <PISH!>

정혁

대진은 입을 쫙 벌려 하품을 한다. 나도 덩달아 하품을 한다. 새벽 두 시, 거리는 한산하다. 초겨울이 성큼 다가와 밤의 공기는 매섭게 차다. 지구가 점점 따뜻해지고 있다는데 날씨가 왜 이렇게 오락가락인지 모르겠다. 지난겨울은 따뜻했는데 올겨울은 시작부터 기세가 남다르다.

"진짜 이상한 놈이야."

내 말에 대진은 고개를 끄덕인다.

"진짜 더블유 비 맞다니까요. 형이 별명을 제대로 지었어요."

대진은 가게 밖에 세워 둔 꼬마의 배낭을 힐끗 바라본다.

"나도 얹혀사는데 저놈까지…… 괜찮겠어?"

"어차피 제 집도 아닌걸요, 뭐."

대진이 헤헤거린다. 나와 대진은 대진의 형 집에 얹혀살고 있다. 대진의 형은 대기업에서 인턴으로 일하고 있다는데, 얼마나 바쁜지 잘 마주치지도 못한다. 겨우 잠만 몇 시간 자고 다시 출근하는 모양이다.

"형님이랑은 연락해? 얼굴 보기 어렵던데."

"진짜 바쁜가 봐요."

대진이 콧물을 들이마신다.

"월급도 못 받는 열정 페이라고? 다들 힘들구나."

내 말에 대진은 고개를 천천히 끄덕이는 걸로 대답을 대신한다. 밤공기가 점점 더 매서워진다.

래퍼들은 랩을 할 때 비트에 맞춰 고개를 끄덕인다. 손목의 스냅을 이용해 손을 끄덕이기도 하고 지휘하는 사람처럼 두 손을 저어 랩의 느낌을 전달하기도 한다. 래퍼들이 고개를 끄덕이면서 랩을 하는 게 좋았다. 그 모습이 세상을 긍정하는 것처럼 느껴졌다. 지휘자처럼, 또는 수화하는 사람처럼 손으로 그림을 그리는 모습에선 세상과 소통하고 싶은 자의 간절함이 느껴졌다. 욕설을 섞어 가며 과격한 손동작을 하는 래퍼들을 볼 땐 세상을 뒤바꾸고 싶어 하는 투사의 모습이 겹쳐 보이기도 했다. 그렇게 나는 랩을 하면서 조금 더 나은 인간이 되기를 바랐다.

"들어갈까요?"

대진의 물음에 고개를 끄덕인다. 가게로 다시 들어가 보니 꼬마는 식탁에 엎어져 자고 있다. 동우를 보내고 가게 문을 닫는다. 대진은 꼬마의 배낭을 메고, 나는 꼬마를 등에 업는다. 또래보다 키도 작고 몸무게도 얼마 안 나가 보였는데 업으니까 무겁다. 팔에 상당한 힘이 들어간다. 우리는 말없이 한참을 걷는다. 꼬마의 몸이 점점 무겁게 느껴지지만 이상하게도 기분이 나쁘지 않다. 이렇게 등에 무거운 것을 둘러업고 땀을 뻘뻘 흘려 본 게 언제였는지, 누군가의 숨소리를 이렇게 가까이서 느껴 본 게 언제였는지, 기억나지 않는다.

대진이 집에 도착해 꼬마를 조심스럽게 내려놓는다. 거실 바닥에 깔린 작은 담요 위에 눕히고 이불을 덮어 준다. 꼬마는 쌔근쌔근 숨소리를 내며 잔다. 꼬마는 왜 집을 나온 걸까. 엄마가 가출했다는 말은 진짜일까.

소울리버는 고등학교를 자퇴하고 다큐멘터리 사진작가인 아버지를 따라 세계 곳곳을 돌아다녔다. 정확하고 분명한 발음, 누구보다 빠른 랩 실력, 어른스러운 목소리도 부러웠지만 무엇보다 부러운 것은 그의 단단한 세계관이었다. 그는 오지 마을을 직접 보고 느꼈고, 그것을 통해 자본주의에 휘둘리지 않는 자기만의 뚝심을 얻었다. 그것이 자연스럽게 그의 랩에 담겼다.

인디에서 시작한 래퍼들이 앨범을 내거나 방송을 몇 번 타면 으레 품기 마련인 돈에 대한 욕심도 그에게는 없었다. 투자도 레이블도 없이 오직 실력으로 승부를 보고 싶어 했다. 그에게 중요한 것은 오직 랩과 비트였다. 그는 실력만이 전부라고 굳건히 믿었다.

"형, 정말 꼬맹이한테 랩을 배우려고요?"

대진은 콜라를 가져와 내 곁에 앉는다. 나는 말없이 콜라를 페트병째로 입에 대고 벌컥벌컥 마신다.

"누구한테 뭘 배우느냐는 중요한 게 아냐."

나는 곤히 자고 있는 꼬마를 바라본다.

"나 자신을 견디고 기다려 줄 수 있느냐, 그게 문제지."

소울리버가 들려준 얘기가 있다. 라오스 최북단에 거주하는 푸노이족은 아픈 아이를 위해 특별한 의식을 치른다. 성수로 아이의 몸을 씻기고 헌 옷을 불태운다. 간절한 기도로 마음에 잔뜩 자라난 두려움을 씻어 내고 나을 수 있다는 믿음을 심어 준다.

아이는 믿음으로 치유된다. 그것은 누구의 믿음에서 비롯된

치유인가. 아이 스스로의 믿음인가. 아니면 나을 수 있다고 간절히 기도해 준 부모의 믿음인가. 아니면 오랜 시간 동안 믿음으로 병을 낫게 한 마을 공동체 구성원 전부의 간절한 믿음인가. 소울리버는 덧붙였다. 다들 과학의 시대라고 떠들지만, 자본주의가 승리했다고 생각하지만, 인간이 지닌 가장 위대한 능력은 무언가를 믿는 능력이라고.

"저는 기다릴 수 있어요."

대진이 페트병을 만지작거리며 말한다.

"저는 형 안에 존재하는 가능성을 믿거든요."

언제나 믿음이 문제였다. 나 자신이 스스로 성장할 거라 믿고 기다릴 것인가, 아니면 스승이나 선배를 찾아 헤맬 것인가. 스스로 발전할 수 있도록 내게 시간을 줄 것인가, 아니면 어떻게 해서든 시간을 단축할 방법을 찾을 것인가. 내가 개성 있는 래퍼가 될 거라고 믿어 줄 것인가, 아니면 다른 래퍼들의 길을 좇아가는 데 불과하다고 치부할 것인가.

"녀석은 아직 어리니까 그 나이에 가질 수 있는 자만심이 있겠지. 자기가 대단한 존재라고 착각할 수도 있고. 그런 걸 모르는 게 아니야. 그런데……."

나에 대한 믿음이 나를 치유했다. 내가 간절히 붙잡고 싶은 문장은 오직 이것. 내가 내 못난 청춘에 달아 주고 싶은 훈장은 오직 이것.

"녀석의 눈빛에는 단단한 믿음이 담겨 있어. 저 나이엔 어

려운 일인데 말이지. 그게 어디서 비롯되는지는 모르지만 그
냥……, 부러운 거야."

두려움을 모르는 얼굴. 아니, 그 어떤 것에도 실패한 적이
없는 얼굴. 아무것도 모르기 때문에 강인할 수 있는 얼굴. 비
겁하지 않을 수 있는 얼굴. 꼬마의 얼굴이 그랬다.

나는 대진에게 말하지 못했다. 꼬마의 눈빛에서 순간순간
소울리버를 느끼고 있다는 것을. 소울리버를 뛰어넘지 못했기
때문에 내가 아직 이 모양이라는 것을. 내 가능성을 믿어 준
다는 너의 말은 정말 고맙지만 내가 나 자신을 믿지 않는다면
다른 사람의 믿음은 아무 소용이 없다는 것을. 그것을 누구보
다 잘 알지만 아직도 믿는다는 일이 세상에서 가장 어렵게 느
껴진다는 것을.

어떤 것을 믿는다는 일은 마음이 온전히 순수할 때 가능한
일이니까. 나 자신을 믿는다는 것은 내가 지금까지 살아온 시
간들을 온전히 인정할 때에만 가능한 일이니까.

도건

드르렁드르렁. 코를 고는 게 아니라 코를 갈아 버리는 것
같은 소리에 눈을 떠. 범인은 꽃미남이야. 저렇게 잘생긴 얼굴
이 무지막지하게 코를 골다니. 하긴 꽃미남의 묵직한 소리통

에 어울리는 소리야. 평소에 목을 긁고 갈아 대니까 코 고는 소리도 점점 걸쭉해지는 거겠지.

"일어났냐?"

컴퓨터 앞에 앉아 있는 제이제이가 인사를 건네. 나는 고개를 끄덕이면서 급히 눈곱을 떼. 제이제이는 화장실 위치를 손가락으로 가리켜. 세수나 하고 오라는 말을 덧붙이면서. 나는 발딱 일어나 세수를 하러 가.

세수를 하고 나오자 고소한 기름 냄새가 코 속으로 파고들어. 제이제이는 프라이팬에서 구워지고 있는 달걀을 반으로 접어. 능숙하게. 저렇게 접으면 달걀 노른자가 안 익거나 반숙이 된다고 말해 준 사람은 누나야. 제이제이가 햇반을 전자레인지에 돌리는 동안 꽃미남은 거실에 상을 펴고 휴지에 물을 적셔 상을 닦아. 아무 말도 오가지 않지만 두 사람 호흡이 끝내줘. 나는 말없이 상 주위를 어슬렁거려. 꽃미남이 와서 앉으라고 말하고는 밥그릇을 가지러 가. 부엌은 거실에 바로 붙어 있어. 노른자가 덜 익은 달걀 두 개와 간장 한 스푼, 참기름 반 스푼. 고소한 냄새에 군침이 돌아. 꽃미남이 밥그릇 세 개를 상 위에 놓고 숟가락 세 개를 갖고 와.

"밥 먹자."

제이제이의 말에 우리는 군말 없이 밥을 퍼먹어. 맛있어. 밥을 다 먹자마자 제이제이는 사이다를, 꽃미남은 콜라를 가져와 마셔.

"사이다? 콜라?"

꽃미남이 내게 물어. 그 말이 마치 엄마랑 아빠 중 누가 더 좋으냐는 물음처럼 웃기게 들려. 나는 사이다를 선택해.

"언더는 콜라지."

꽃미남이 아쉽다는 듯 코를 찡그려.

"코카콜라가 북극이면 언더그라운드는 남극이야."

제이제이가 말하면서 사이다를 원샷해. 돈을 무지막지하게 버는 코카콜라와 돈을 거의 벌 수 없는 언더그라운드는 가장 반대편에 존재한다는 뜻인가?

"그러니까요. 극과 극은 통한다잖아요."

꽃미남은 자기가 한 말이 흡족한지 실실 쪼개.

"저는 이만."

그릇을 개수대에 담가 놓고 꽃미남은 등교 준비를 해. 여자 친구를 만나 같이 가는지 머리카락 치장에 공을 들여.

꽃미남이 나가자 무서운 적막이 나를 덮쳐. 제이제이와 단둘이 있는 건 처음이거든. 뻘쭘해 미쳐 버리겠어. 제이제이는 헛기침을 몇 번 해.

"어제 얘기한 거래, 기억하지?"

제이제이가 물어. 나는 손가락을 하나씩 뒤로 꺾으며 그를 바라봐.

"뭔데? 할 말 있으면 해."

"어떤 심부름을 해야 돼요?"

"설거지도 하고 족발 포장도 하고 걸레로 오토바이도 닦고. 할 수 있지?"

"네."

나는 흔쾌히 오른손을 내밀어. 그도 잠시 머뭇거리더니 손을 척 내밀고. 우리는 악수를 하고서 후다닥 손을 거둬.

"좋아. 첫 수업을 해 볼까?"

제이제이는 휴지로 상을 쓱 닦고는 상에 바짝 다가가. 나도 그의 맞은편에 앉아.

"음……, 첫 수업은…….."

나는 눈을 감아. 머릿속에 하얀 종이를 그려. 그 종이에 내가 터득한 노하우들을 빠르게 정리해. 그중에서 제이제이에게 필요한 노하우는 뭘까. 그가 갖고 있지 못한 것, 그가 놓치고 있는 것, 내가 그보다 조금이라도 더 낫다고 말할 수 있는 것……. 그것은……. 현관문 근처에 세워 둔 내 배낭으로 달려가. 배낭에서 노트 한 권과 펜을 꺼내. 노트 첫 장을 펼쳐.

"첫 수업은 이거예요."

나는 하얀 종이에 큰 글씨로 이렇게 써.

'내 몸을 악기라고 생각하기.'

정혁

꼬마는 노트에 또박또박 글씨를 쓴다.

"크으으으큭, 크크으으큭……."

갑자기 이상한 소리를 낸다. 성대를 누른 채 소리를 길게 끈다. 뭐가 갈리는 소리 같기도 하고, 커다란 나무가 갈라지는 소리 같기도 하다.

"이게 무슨 소리 같아요?"

"글쎄. 나무 갈라지는 소리?"

"비슷해요. 다시 들어 봐요. 크으으으큭……."

눈을 감고 집중한다. 하중을 견디지 못하고 금이 가는 나무 팔레트? 아름드리 나무가 베이기 전 몸통이 갈라지면서 나는 소리? 성능이 좋지 않은 무전기를 통해 들려오는 사람의 목소리?

"배가 가라앉기 전에 나는 소리예요."

꼬마가 내게 하고자 하는 말의 핵심을 찾기 위해 귀를 기울인다.

"우연히 다큐에서 본 거예요. 에스토니아 선박 사고의 생존자가 인터뷰를 하는데 이런 소리를 내더라고요. 천천히 목소리를 끌면서 분명하고도 선명하게요. 정말 기분이 묘했어요. 다큐를 보는 내내 딴청을 했는데 어떤 여자가 낸 이 소리에 제 마음이 움직였어요. 마치 침몰하는 배에 제가 함께 있는 듯한 기분이 들었어요. 그 간단한 의성어 하나 때문에 저는 배가 차츰 기우는 소리를 들었고 물이 들어오는 긴박함을 느꼈고 당시 여자가 느꼈을 공포를 함께 느꼈어요."

나는 꼬마의 눈을 들여다본다. 꼬마의 눈동자가 반짝인다.

"저는 그때 깨달았어요. 말보다는 소리가 진실에 더 가깝다는 것을요. 수많은 단어보다 한 어절의 의성어가 더 훌륭한 소통 수단일 수 있어요."

"무슨 말인지 알겠어. 근데 그게 나하고 무슨 관련이 있는 거야?"

"관련이 있어요."

"……."

"말보다 소리가 더 힘이 세다는 걸 믿어야 실력이 좋아져요. 목소리가 진짜 힘이 셀 수도 있다는 걸 진심으로 믿어야 해요."

이런 젠장……. 또 믿음이 문제다.

"자기 목소리에 자부심을 느껴야 해요. 랩은, 힙합은 내뱉는 거잖아요. 듣는 사람은 알아요. 저 사람이 자신감을 갖고 내뱉는지, 잔뜩 주눅이 든 채 생각해 온 가사를 겨우 내뱉는지. 타고나기를 소울리버처럼 말이 빠르고 발음이 정확한 사람들도 있죠. 그런 사람들은 빠르게 음절을 내뱉어도 뭐라고 하는지 전달이 돼요. 하지만 그렇지 않은 사람들은 천천히 내뱉어도 된다고 봐요. 연인에게 속삭이듯 부드럽게 내뱉어도 좋고요.

결국 자기 목소리에 맞는 방식을 택하는 거잖아요. 그러기 전에 자기 목소리를 사랑해야 하는 거고요."

꼬마는 첫 수업부터 무거운 과제를 던져 준다. 내 목소리에 자부심 갖기라니. 자기 목소리를 사랑하고 믿으라니. 내 목소리가 랩을 하기에 좋다고 생각한 적은 없다. 말은 느리고 발음도 그저 그렇다. 그래서 더 가사에 공을 들였다. 어떻게 내뱉는지가 아니라 어떤 내용을 전달할지에 더 집중했다. 라임을 타고 제대로 플로우를 하면 된다고 생각했다. 목소리가 중요하다고 생각하지 않았다. 목소리가 하나의 악기가 될 수 있을 거라고 생각하지 못했다. 아니, 어쩌면 자신이 없으니까 목소리라는 영역에서 도망치기 바빴던 건지도 모른다.

도건

반응이 생각보다 나쁘지 않아. 첫 수업을 망치지 않았다는 안도감에 긴장이 풀려. 길게 한숨을 쉬게 돼. 제이제이가 물을 한 잔 가득 따라 마시고는 다시 앉아.

"구체적인 방법은?"

"글쎄요."

"하긴 각자 자기만의 방식을 찾아야겠지."

"자기 목소리를 믿고 사랑하게 되면 저절로 찾아지지 않을까요? 자기 목소리에 가장 어울리는 방식으로."

그는 대답 대신 고개를 천천히 끄덕여.

"너 학교도 안 갈 거니?"

"갈 거예요. 오늘은 개교기념일이에요."

"알아서 가라. 우린 깨워 주고 그러는 거 없다."

제이제이의 말투 때문에 누나의 목소리를 떠올려. "알아서 살아남아. 이젠 그럴 나이 됐잖아." 누나는 형 같을 때가 있어. 내가 잘못할 땐 매섭게 대했어. 제이제이는 내 표정을 살피고 있어.

나는 아무 일도 아닌 척 그에게 질문을 해.

"누구누구 좋아해요?"

"넌 소울리버?"

"아뇨. 전 소울리버보단 페퍼요."

"의원데?"

"자기와 닮은 사람도 좋지만, 내가 갖지 못한 걸 가지고 있는 사람한테 더 끌리는 것 같아요."

"소울리버 정도는 충분히 따라잡을 수 있단 말로 들린다?"

그제야 나는 소울리버와 제이제이가 같은 크루였다는 사실을 깨달아. 혹 소울리버가 그의 열등감이 시작되는 지점일까. 그렇다면 소울리버 이야기를 괜히 꺼낸 것은 아닐까. 후회가 밀려들어.

제이제이는 자리에서 일어나 외투를 챙겨 입어.

"밤 열한 시다. 지각하지 말고."

"어디 가요?"

"출근하기 전에 볼일이 있어."

제이제이가 나가고 나는 혼자가 돼. 터지기 일보 직전인 배낭이 눈에 들어와. 배낭에서 갈아입을 속옷을 꺼내고는 한참 동안 생각에 잠겨. 얼떨결에 첫 수업을 끝냈지만 다음 수업은 어떻게 채워야 하지? 벌써부터 걱정이 앞서.

배낭을 뒤져. 집을 나올 때 가지고 나온 시집들을 전부 꺼내. 영어 학원 다닐 때 받은 어휘책들도. 제이제이의 랩들을 떠올려 보니 영어 어휘가 인용된 가사는 별로 없었던 것 같아. 영어를 해 두면 라임이 몇 배로 풍성해질 수 있는데. 그 이야기로 두 번째 수업을 하면 될까?

그런데 내가 뭐라고 누구를 가르치고 있는 거지? 제이제이가 나보다 부족한 점이 있듯이 나 역시 그보다 부족한 부분이 많은데. 내가 만약 그라면 나보다 몇 살이나 어린 놈에게 부족한 것을 배우겠다고 할까.

나는 잠시 망설이다가 고개를 설레설레 저어. 아니, 그렇게는 못하겠어. 나보다 어린 녀석에게 뭔가를 배우고 싶진 않아. 시간이 더 걸리더라도 혼자 깨달을 때까지 기다릴래. 차라리 스승을 찾아다닐래. 만에 하나라도 나보다 어린 놈에게서 건질 만한 건더기를 듣는다면, 괜찮은 노하우를 얻는다면, 나는 그 건더기가 내 무의식에 있었던 것이라 치부할지도 몰라.

내 무의식은 이렇게 말할 거야.

옳구나, 꼬마야, 네 말이 맞다. 그런데 나도 그런 생각을 예전에 했었지. 아니, 지금도 그것과 비슷한 생각들을 하고 있어. 이건 우연인가? 그렇다면 이건 내 생각인 거 아닌가? 그럼 일단 꿀꺽 삼키고 보자. Hey, young boy! 지금 네가 하고 있는 말은 전부 다 내 생각이야. 왜냐하면 나는 아주 오래전부터, 그러니까 네가 초등학교에 입학해 짝꿍과 말다툼을 할 적부터 랩을 했거든. 그러니 네가 어떤 지혜로운 말을 하든 그건 다 내 거야. 그러니 실컷 떠들어 봐. 얼마든지 지껄여 봐.

정혁

많은 이들이 이 길을 떠났다. 짧은 시간 안에 벌어진 일이었다. 돈을 벌어야 해서, 부모의 반대가 심해서, 자신이 실력이 없다는 것을 깨달아서, 힙합이 돈벌이가 안 된다는 사실을 알게 돼서, 언더그라운드조차 실력이 뛰어나지 않으면 살아남을 수 없다는 것을 몸소 경험하고 나서……

가던 길을 훌쩍 떠나 다른 길로 향하는 것보다 죽 가던 길을 꾸준히 가는 게 더 힘겨운 선택일 수도 있다는 것을 경험하게 해 준 사람. 무슨 이유인지 모르겠지만 훌쩍 이 길을 떠난 사람. 엑스, 그를 만나러 간다.

"아직도 랩 하지?"

엑스가 커피를 마시면서 묻는다.

"그러고 있네요."

나는 그를 훑어본다. 매끈한 검은색 양복에 감색 넥타이를 매고 있는 그의 모습이 낯설게만 느껴진다. 넥타이를 보자 넥타 생각이 난다.

"넥타 형은 잘 지내요?"

"열심히 치킨 튀기지."

엑스의 본명은 수호다. 그는 수학을 좋아하고 잘했다. 방정식의 미지수 x만 보면 마음이 끌린다나. 그는 우리 중에서 가장 먼저 랩을 시작했다. 어떻게 보면 그가 우리 모두를 랩의 세계로 이끌었다고 볼 수도 있다. 나보다도, 소울리버보다도 실력이 뛰어났던 사람. 랩 실력이 좋았던 만큼 머리도 좋았던 사람. 랩을 하는 동안에도 틈틈이 성적 관리를 할 만큼 멀티플레이가 가능한 사람이었다.

아버지가 평생 치킨 장사를 해 넥타이를 맨 아버지를 본 적이 없는 예성이 형은 넥타이를 맬 수 있는 직업이면 무조건 동경했다. 그런 무한한 동경을 담아 별명을 '넥타'라고 지었다. 넥타이를 매고 출근하면서 힙합을 취미로 즐길 수 있을 거라고 생각했지만, 안타깝게도 그는 넥타이를 매지 못한 채 아버지의 가업을 물려받았다. 매일 뜨거운 기름통 앞에 서서 치킨을 튀겨야 하는 현실을 쉽게 받아들이지 못했는데, 몇 달

힙합판에서 밥을 굶더니 군말 없이 집으로 들어갔다. 힙합은 취미로 즐길 수 있는 세계가 아니라는 혹독한 사실을 깨달은 뒤였다.

"같이 만나자고 했더니, 너를 볼 자신이 없대."

"왜요?"

"쪽팔리는 거지."

넥타는 유독 나를 좋아했다. 먹성이 좋은 사람이라 내가 일부러 라면을 남기는 척하면서 주면 해맑게 웃었다.

"넌 이해하기 힘들 수도 있는데, 그 세계를 중도 포기한 사람들은 일종의 미안함과 쪽팔림을 늘 안고 살아."

나는 엑스의 얼굴을 물끄러미 바라본다.

"여전히 그 세계에 머물면서 발버둥 치는 사람에게 미안한 거지. 혼자 살겠다고 비겁하게 발을 뺀 것 같으니까."

엑스가 먼 곳으로 시선을 돌리며 커피를 마신다. 나는 어쩐지 그를 괜히 만난 것 같다고 생각한다. 그는 수학 경시대회 수상 경력으로 상위권 대학에 쉽게 입학했다. 학점이 좋아 조기 졸업을 하고 꽤 굵직한 기업에 입사했다.

소울리버는 그 소식을 듣고 화를 냈다. 배신자라며 엑스를 경멸했다. 소울리버는 원래 공격적이고 할 말은 하고 보는 다혈질이었지만 엑스에 관한 일에는 유독 더 공격적으로 반응했다. 나는 엑스를 공격하고 싶지 않았다. 그는 훌륭한 래퍼였지만 수학 성적이 훌륭한 사람이기도 했다. 어느 누구도 그에게 어떤 삶을 살아야 한다고 강요할 수는 없다. 한창 성장을 거듭하는 IT 회사에 입사해 살아가는 게 힙합판의 삶보다 더 쉬울 거라고 말할 수는 없는 일이었다.

"형들 처지에서 생각해 보지 못했네요."

"뭐 다 그런 거지. 자기 처지에서 볼 수 있는 것만 바라보다가 죽는 거 아니겠어?"

"일은 어때요?"

"아직 신입이니까. 매일 깨지고 지적받고. 죽을 맛이지, 뭐."

미련하게도 나는 가끔 상상했다. 만약 그가 대학에 입학하지 않았더라면, 계속 우리 팀에 남아 줬더라면, 내 손을 잡고 함께 앨범을 내자고 말해 줬더라면, 나의 현재는 어떤 모습으로 달라졌을까. 그를 만나면 자꾸 그런 상상을 하게 된다. 나 또한 그들을 만나는 일이 쉽지 않다.

"형한테 궁금한 게 있어요."

"뭔데?"

"힙합을 떠난 이유가 따로 있어요?"

내 물음에 엑스는 잠시 고개를 수그린다. 잠시 후 묘한 미소를 띤 채 나를 바라본다.

"말하지 않아도 너는 알 거라고 생각했는데."

나는 눈을 크게 뜨면서 되묻는다.

"왜요?"

그는 조금 뜸을 들인 후 말한다.

"인마, 너 때문에 그만둔 거야."

나는 마른 입술에 침을 묻힌다. 그의 말을 알아듣지 못하겠다. 눈을 동그랗게 뜬 채 그의 다음 말을 기다린다.

그는 잠시 머뭇거린다. 나는 고새를 못 참고 물을 마신다.

"좋아하는 거랑 잘하는 건 다른 거야."

"……."

"정말 모르겠어?"

엑스는 랩 실력만큼이나 머리가 비상했던 사람이다. 세상엔 하나만 잘하는 사람만큼이나 여러 가지를 잘하는 사람도 있다는 사실을 뼈저리게 알게 해 준 사람이다. 이것저것 다 잘해 얄밉다가도 막상 만나면, 만나서 주먹을 부딪쳐 인사를 하고, 다음 안부를 묻게 되는 사람.

"힙합을 좋아했지. 그런데 너만큼 좋아하진 않더라고. 힙합을 잘했지. 그런데 수학만큼 잘하진 않았고. 그래서 더 잘하는 걸 택한 거야."

"난 다른 이유가 있을 거라고 생각했어요. 돈이나 부모님의 반대 같은 거."

"넥타는 그랬지. 난 그것 때문은 아니었어."

그래도 동고동락한 크루였는데 그들이 왜 팀을 떠났는지 그 이유를 지금까지 몰랐다는 게 미안하고 창피했다.

"세상엔 좋아하는 걸 기어이 해야 하는 사람도 있지만, 그냥 잘하는 걸 하면서 사는 게 더 나은 사람도 있는 거야. 난

너처럼 뜨겁게 랩을 사랑할 자신이 없었거든."

엑스와 헤어져 가게로 향하는 길에서 첫눈을 맞았다. 가슴 속에서 뜨거운 것이 솟아올랐다. 반대로 머리는 차갑고 차분했다.

이 길을 포기해야 하는 이유는 수백 가지가 넘었다. 그러나 이 길을 꼭 가야만 하는 이유는 단 하나였다. 가슴이 뜨거워지는 순간을 늘리고 싶다는 것. 하지만 뭔가를 뜨겁게 사랑하는 것과 행복을 느끼는 것은 다른 문제였다. 왠지 넥타를 만나고 싶어졌다.

도건

밤 열한 시, 족발 가게에 들어서. 범생이는 주문 전화를 받느라 바쁘고, 아줌마는 열심히 족발을 썰고, 아저씨는 족발을 척척 포장해. 제이제이와 꽃미남은 배달을 갔는지 보이지 않아.

"어이, 학생! 여긴 왜 또 왔어?"

아저씨가 손을 바쁘게 놀리면서 나를 쳐다봐.

"엄마는 찾았니?"

아줌마가 족발을 썰면서 다정하게 물어.

"아뇨."

"어쩌면 좋냐. 얼마가 필요하다고?"

아줌마가 혀를 쯧쯧 차면서 말해.

"됐어요. 애들한테 함부로 돈 빌려주면 버릇만 망쳐요."

범생이가 나를 흘겨보면서 말해. 나도 범생이를 흘겨봐.

"동우야, 소 자 둘 포장해."

범생이는 큰 소리로 대답한 뒤 식탁으로 달려가. 비닐 랩을 뜯는 꼴이 가관이야. 범생이는 랩을 뜯는 데 공포 같은 게 있는지 손을 덜덜 떨어. 집에서 반찬 그릇을 한 번도 랩으로 싸 본 적이 없나 봐. 쯧쯧, 혀를 차게 돼. 공부 말고 다른 건 전혀 시키지 않은 가정 교육의 폐해를 지금 이곳에서 온몸으로 증명하고 계셔.

"제가 해 볼까요?"

"또라이, 안 꺼져?"

범생이가 눈을 크게 뜨면서 윗니로 아랫입술을 물어. 그 모습에 웃음이 새어 나올 뻔했지만 참았어.

"제가 집에서 랩 당번이거든요. 제 전문이에요."

"시켜 봐. 배달 늦겠어."

아저씨가 재촉하자 범생이도 한발 물러서. 나는 양팔 소매를 걷고 능숙한 자세로 랩을 죽 뽑아. 포장 용기 위에 댄 다음 재빨리 잘라.

"녀석, 제법일세."

아저씨의 칭찬에 나는 양어깨를 으쓱해. 범생이는 부루퉁한 표정을 지어.

"맘껏 부려 먹으세요. 재워 주는 대가로 일 시키는 거예요."

92

제이제이가 헬멧을 안고 들어와. 머리카락을 가볍게 털어내는 그의 얼굴을 힐끔거려. 머리카락을 터는 그의 손가락을 멍하니 바라봐. 남자가 남자한테 이런 감정을 느껴도 될까. 보고 싶었다고 해야 할까. 잠깐밖에 안 떨어져 있었는데 꽤 오래된 것 같은 느낌. 나는 반가움에 제이제이 곁으로 훵 다가가.

"꾀 부리지 말고 열심히 일해."

제이제이가 내 등을 툭툭 두드리고는 다시 가게 밖으로 나가. 나는 다시 범생이 옆자리로 가서 열심히 비닐 랩을 뜯어. 주방에서 잠깐 나온 아줌마가 앞치마에 손을 닦고 내 머리를 쓰다듬어.

"아이고, 일 잘하네. 이름이 뭐여?"

"도건이요."

"누구한테 배웠는지 아주 제대로 배웠네."

"누나한테 배웠어요."

"누나가 있어?"

'누나'라는 단어를 듣는 순간 범생이 눈빛이 변해. 감히 누굴 넘봐. 어림없다, 이 무식한 범생아.

"누나는 어느 대학 다니냐?"

범생이의 말을 씹고 싶지만 내 대답을 기다리는 아줌마와 아저씨의 눈빛 때문에 그럴 수가 없어.

"K대 문예창작과요. 시를 써요."

'시'라는 단어에 범생이 눈이 또 한 번 반짝여.

"왠지 너랑 완전 다른 캐릭터일 것 같은데?"

범생이가 능글맞게 웃어. 어떤 말을 해야 범생이 얼굴에서 미소가 걷힐지 이 몸은 알고 있지. 가끔은 이런 내가 나 스스로도 좀 징글맞아. 잔인한 짓을 하면서 희열을 느끼고야 마니까.

"저보다 완전 심하게 또라이시죠."

예상대로 범생이 얼굴에서 미소가 걷혀. 따분한 놈.

"간식 먹자. 배달들 불러."

아줌마가 주방으로 들어가더니 커다란 냄비를 가지고 나와. 식탁에 신문지를 두툼하게 깔고 냄비를 내려놓아. 냄비 안에는 잘 익은 떡볶이와 어묵이 한가득이야. 나는 속으로 쾌재를 불러. 떡볶이는 내가 가장 좋아하는 음식이야. 제이제이와 꽃미남까지 모두 식탁에 둘러앉아 떡볶이를 먹어. 매콤하면서도 부들부들한 떡을 한 입 넣자 코끝이 찡해. 엄마가 자주 만들어 주던 떡볶이가 생각나. 엄마는 아직도 나를 찾지 않고 있겠지. 멍한 눈빛으로 창밖만 바라보고 있겠지.

"도건아, 왜 그려?"

아줌마의 말에 다들 나를 쳐다봐. 나는 콧물을 후루룩 들이마시면서 엄지손가락을 세워.

"떡볶이 정말 맛있어요!"

정혁

꼬마 이름을 이제야 알았다. 도건, 좋은 이름이다.

아줌마의 떡볶이가 진짜 맛있는 걸까. 아니면 떡볶이를 먹으면서 집을 나갔다는 엄마 생각을 하는 걸까. 도건의 코가 빨갛다.

배달을 몇 번 더 다녀온 뒤 일이 끝났다. 도건은 걸레를 빨아 와 오토바이를 쓱쓱 닦는다. 나와 대진은 여유롭게 담배를 피우면서 가게 밖을 정리한다. 동우가 쓰레기를 버리러 나온다.

"저 녀석, 누나가 있대."

동우는 갑자기 내 곁으로 바싹 다가와 일급비밀을 발설하는 사람처럼 소곤소곤 말한다.

"그런데?"

"그렇다고. 참 참, 시를 쓴대."

"시?"

그래서 녀석이 시를 많이 알고 있구나. 나는 이원 시인의 「영웅」을 잠시 떠올렸다. 시어에 압도당했던 먹먹한 기분이 생생하게 떠오른다. 시어들이 몸에 박히는 느낌은 훌륭한 랩을 들을 때와 비슷했다. 래퍼가 읊는 랩이 끝날 때까지 숨을 쉴 수 없어 숨을 죽인 채 가사의 라임에, 플로우 되는 비트에 온몸을 맡긴다. 청각 이외의 감각은 모두 마비된 것처럼 꼼짝 없이 래퍼의 숨소리에 끌려다닌다.

집으로 돌아가는 길에 도건은 눈을 비빈다. 졸음이 쏟아지는 모양이다.

"첫 알바의 첫날, 첫 일을 해 본 소감이 어때?"

대진이 녀석에게 물었다.

"첫 알바의 첫 일을 척 하면 척 하고 척척 해냈죠."

녀석의 'ㅊ' 발음이 혀에 착착 감긴다.

"'첫'에 열광하지 마. 자칫하면 '첫'이 '쳇'이 되고 '첫사랑'이 '치사한 사랑'이 되고 '뜨거움'은 '서러움'이 되지."

"얼쑤!"

도건의 라임에 대진이 추임새를 더한다. 나는 말없이 고개를 끄덕이다가 꼬마와 눈이 마주쳤다. 뜨거운 첫 마음이 서러운 쳇 마음으로 변하는 경험. 우리도 해 봤다.

대진의 첫 일은 골프장 캐디였다. 캐디는 특수 고용직이라 처우가 나빴다. 인격적 모멸감은 옵션이 아니라 기본 세팅이었다. 잔디를 깎다가 도어맨이 됐다가 주차 도우미가 되어야 했다. 그 일들을 무보수로 했다. 지각이나 결근을 할 때마다 벌점을 먹었다. 벌점이 쌓이면 돈을 못 받았다.

내가 처음으로 한 일은 택배 물류 알바였다. 야간 근무 열 시간 동안 택배 상자를 트럭에 싣고 내렸다. 물류 레일은 상자들로 꽉 차 있었다. 나르고 또 날라도 상자는 끝이 없었다. 허리를 펼 시간조차 없었다. 입에서 욕지거리가 계속 튀어나왔다. 사제 폭탄이라도 만들어 택배 상자들을 전부 폭파하고 싶을 정도였다. 쉬는 시간은 저녁을 먹는 20분이 전부였다. 하도 땀을 많이 흘려 오줌도 마렵지 않았다. 열 시간을 다 채우고 나면 무릎이 후들거리고 허리가 끊어질 것 같아 풀썩 주저앉았다. 강소주를 마신 뒤에야 자리에서 일어났다. 그래야 집까지 갈 힘이 돌았다.

겉으론 씩씩한 척하지만 꼬마도 힘들었을 것이다. 뭐든지 처음은 어려운 법이다. 익숙하지 않기 때문이다. 익숙해지고 적응이 되면 몸도 스트레스를 덜 받는다. 그래도 제법 깡이 있는 녀석이다. 첫 일을 하면서 씩씩한 척이라도 할 수 있다는 것은.

"내일 아침은……."

대진은 잠깐 말을 멈추고 꼬마를 바라본다. 꼬마의 눈에 장난기가 그득하다.

"두구두구……."

꼬마가 장단을 맞춘다.

"달걀밥입니다!"

"또요?"

녀석, 실망한 기색이다. 대진은 꼬마의 표정 변화를 즐기고 있다.

"우린 매일 아침 그것만 먹어."

내 말에 꼬마는 툭 튀어나온 입을 집어넣는다.

신기한 일이다. 어제와 오늘, 겨우 이틀 함께했을 뿐인데 왠지 이 길을 늘 셋이서 걸었던 것 같은 느낌이 든다. 때가 되면 꼬마는 다시 커다란 배낭을 짊어지고 엄마를 찾아 길을 나서거나 집으로 돌아가겠지. 그럼 이 길은 다시 대진과 나만의 오붓한 길이 되겠고. 그런 생각을 하자 아쉬움이 들었다.

일에 적응할 때는 그렇게 많은 시간과 노력이 필요하더니 꼬마 녀석 한 명과 곁을 주고받는 데는 별다른 시간과 노력이 필요하지 않구나. 그냥 함께 길을 걷고, 달걀밥을 나눠 먹고, 퇴근을 같이 하고, 한 이불을 덮고 자는 것만으로도 금세 서로에게 길들여지는구나. 그런 것들이 밤하늘의 별만큼이나 신비하게 느껴지는 밤이다.

도건

꽃미남의 집은 학교와 멀어. 우리집보다 멀게 느껴진다는 뜻이야. 새벽에 일어나 세수를 하고는 살금살금 움직여. 배낭 안에 접혀 있는 교복을 꺼내 입는데 제이제이가 몸을 뒤척여. 놀란 가슴을 쓸어내려.

수행 평가를 하고 체육 대회를 준비해. 학교에서는 시간이 정신없이 흘러가. 상민이가 어디서 지내느냐고 물어. 나는 아는 형들 집에 있다고 대답해. 상민이는 잠시 말이 없더니 내 어깨를 한 번 세게 잡고는 이런 말을 늘어놓아.

"어쩌면…… 어쩌면 말이야. 외계인은 진짜 존재할 수도 있어. 이름이 열라 긴 과학자가 이런 말을 했거든. 지금 우리의 과학 기술로는 외계인이 없다고 증명할 수 없다. 빈 캔으로 강에서 물을 떴는데 물고기가 없다고 해서 강 전체에 물고기가 없다고 할 수는 없지 않은가."

"그래서?"

"그냥, 그렇다고. 너 예전에 외계인의 존재를 믿었다고 했잖아."

"그게 언젠데."

과학 선생님을 짝사랑하는 미드 폐인 상민이는 과학 공부를 거듭할수록 점점 과학적이고 논리적인 사고에서 멀어져. 아이러니하지만 사실이야.

그렇지만 상민이가 하는 말들은 들어 줄 만해. 녀석은 성적이니 성공이니 연봉이니 이런 말들을 안 하거든. 녀석은 우주의 신비와 범죄자의 마음과 인간의 선악과 게임 캐릭터의 성장에 푹 빠져 있어. 그래서 녀석은 다른 아이들과 다른 말을 하고 다른 꿈을 꿔. 글을 쓰기 때문일까. 상민이는 이 세계와 다른 세계에 두 발을 다 넣고 있는 놈 같아. 두 세계의 경계에 있다고나 할까.

기다리던 사회 시간이야. 선생님은 지난주에 이어 세계적인 테러와 그 원인을 이야기해. 나는 선생님이 이야기하는 테러범의 이미지를 머릿속으로 상상해 보려고 노력해.

폭파범 티머시 맥베이는 오클라호마 주 연방 청사 건물을 어슬렁어슬렁 돌아봐. 건물을 빠져나와 건물 주변을 꼼꼼히 살펴. 건너편과 건물 주변을 살핀 다음 연방 청사 건물을 아래에서 올려다봐. 유리로 된 건물의 정면이 산산조각 나는 장면을 상상해. 멋지겠군. 속으로 이런 말을 중얼거리면서.

1995년 4월 연방 청사 건물이 폭파되면서 168명이 죽었어. 맥베이는 범행 당일 '폭군에게는 언제나 이렇게 하라'는 문구가 적힌 티셔츠를 입고 있었대. 맥베이는 2001년 피해자 가족들이 지켜보는 가운데 독극물 주사 방법으로 사형당했어.

"테러범들은 대부분 확신범이야."

선생님의 말에 내가 손을 들어.

"확신범이 무슨 뜻이에요?"

"자신이 옳다고 확고하게 믿고 있다는 뜻이지."

선생님의 설명을 듣고 한 가지 생각이 얼핏 스쳐 지나가.

"그들은 왜 테러를 저지르는 걸까?"

선생님이 우리에게 물었어. 아이들이 선생님의 시선을 피해. 아이들은 질문을 싫어해. 특히 선생님이 자기 이름을 부르면서 던지는 질문을.

"이기열, 어떻게 생각해?"

어조비 이기열의 이름이 불리는 순간 귀를 막고 싶어. 이기열의 목소리는 낮고 음침해. 듣고 있으면 진짜 기분이 더러워져. 무엇보다도 이기열이 싫은 건 입이 싸다는 거야. 어떤 소문이든 그 소문의 중심엔 쟤가 있어. 문제는 쟤가 만들어 내는 소문이 거짓투성이라는 거지.

이기열이 천천히 입을 열어.

"이름을 남길 수 있으니까요."

선생님이 이기열 쪽으로 다가가며 말해.

"그럴 수도 있지. 우리도 오늘 테러범의 이름을 이야기했으니까. 김상민?"

선생님은 상민이 쪽으로 몸을 틀어. 상민이는 기어들어 가는 목소리로 말해.

"열등감 때문인 것 같아요."

"열등감, 좋아요."

선생님이 고개를 끄덕여.

"박도건?"

아이들의 시선이 일제히 내게 쏠려. 대답을 하느라 얼굴이 빨개진 상민이 얼굴이 보이고 그 뒤로 펜 끝을 입에 물고 있는 지욱이 얼굴이 보여. 나는 아까부터 한 가지 생각에 사로잡혀 있어. 그 생각이 나를 괴롭혀.

"저항하는 거예요."

"저항?"

선생님이 반문하며 칠판 앞으로 다가가.

"무슨 뜻인지 더 설명해 볼래?"

"사회는 완전할 수 없거든요. 불공평하고 차별이 존재해요.

그래서 그들은 화가 난 거예요."

"그 말은…… 사회 문제에 저항한 거니까 그들은 정당하다
는 뜻이니?"

선생님 표정이 점점 굳어 가. 어, 이게 아닌데……. 나는 내
가 무슨 말을 하는지 갈피를 못 잡아. 나 스스로도 내가 무슨
말을 하는지 모르겠어.

"그런 건 아니지만……."

"역시 인간은 범죄에 끌리도록 디자인되어 있나 보다. 다른
수업 때보다 여러분의 대답이 훌륭해서 깜짝 놀랐네."

내 입에서 말들이 몰려나와. 나조차도 알 수 없는 힘이 나
를 벌떡 일으켜 세워.

"그들에게 폭탄 대신 힙합을 쥐여 줬더라면 그들은 폭파범
이 되지 않았을 거예요!"

내 말에 교실은 차가운 파도를 뒤집어쓴 듯 냉랭해져. 선생
님도 눈을 동그랗게 뜬 채 나를 바라봐.

"폭탄 대신 힙합이라. 도건이가 좋아하는 랩을 말하는 거구
나."

선생님이 테러의 원인과 영향을 정리하며 수업을 마무리했
어. 쉬는 시간 종이 울리고 1의 시간이 찾아와. 상민이 곁으로
가려는데 손윤한이 나를 쳐다보는 게 느껴져. 주먹 일인자를
건드리는 건 좋지 않지. 나는 최대한 신경 쓰지 않으려 하지
만 그게 잘 안 돼. 손윤한의 얼굴을 힐끔거리는데 그 인간이

입을 벙긋거려.

꼬, 맹, 이.

입 모양으로 이렇게 말해. 음 소거 상태지만 나는 귀신같이 알아들어. 나는 손윤한의 눈빛에서 녀석이 내게 하려는 말을 이미 다 읽었어.

조막만 한 꼬맹아, 잘난 척 좀 그만해.

나는 상민이에게 다급히 다가가 매점에 같이 가자고 말해. 상민이와 함께 교실을 나오는데 상민이가 내게 물어.

"괜찮아? 너 얼굴 되게 창백해."

그리고 바로 그날 일이 벌어졌어. 수업을 마치고 청소 당번들이 청소를 했어. 쓰레기봉투를 묶어 쓰레기장에 버리러 가는데 손윤한 패거리를 보게 된 거야. 그들은 빙 둘러서서 한 아이를 괴롭히고 있었어. 그냥 무시하는 게 최고라 생각하고 돌아서는 순간 그 아이의 얼굴을 보고야 말았어. 패거리가 괴롭히고 있는 아이는 상민이였어.

가슴이 벌렁거리기 시작했어. 상민이를 도와야 한다는 생각과 저들에게 맞아 눈탱이가 밤탱이가 된 내 모습이 번갈아 떠올랐어.

"야, 일으켜 세워."

손윤한이 명령했어. 패거리가 상민이를 일으켜 세웠어. 나는 몸을 숨기고 숨을 죽였어. 손윤한이 로우킥을 날렸어. 내 친구……. 수줍음이 많고 자신감이 없어 늘 어깨를 움츠리고 다니는 내 친구는 헉, 하는 소리와 함께 땅바닥으로 쓰러졌어. 손윤한과 패거리는 상민이를 버리고 자리를 떴어.

나는 상민이에게 달려가지 못했어. 이미 늦었어. 모든 게 끝나 버렸어. 나는 겁쟁이 꼬맹이였던 거야. 나는 나 자신을 쓰레기봉투 옆에 내려놓고 무작정 달렸어.

꽃미남 집에 도착하고도 한동안 숨을 헐떡였어. 고개를 세차게 흔들었어. 고통스러운 신음 소리를 내며 바닥으로 쓰러지는 상민이 모습을 잊고 싶었거든. 문 앞의 기척을 느꼈는지 제이제이가 현관문을 벌컥 열었어. 그는 숨을 헐떡이는 나를 잠시 들여다봤어.

"괜찮아?"

나는 고개를 끄덕였어. 눈물이 나오려는 걸 참으려고 더 세차게 고개를 끄덕였어. 그것 말고는 할 수 있는 일이 없었어.

제이제이는 내게 따뜻한 코코아 한 잔을 내밀었어. 따끈한 기운이 속을 채우자 잠깐이지만 마음이 좀 괜찮아지는 것 같았어.

"수업해야지?"

맞다. 수업을 까맣게 잊고 있었어. 당황한 기색을 숨기려고 가방을 뒤지는 척해. 가방에서 빈 노트를 꺼내 상으로 다가가. 상 앞에 바른 자세로 앉아 있는 제이제이 맞은편에 무릎을 꿇고 앉아.

"그, 그러니까, 두, 두 번째 수업은……."

가슴이 다시 쿵쾅거려.

"오늘은 왜 이리 말을 더듬으시나?"

그의 눈빛이 예사롭지가 않아. 먹이를 포획하려는 사냥꾼처럼 나를 주시하고 있어.

"두 번째 수업은…… 이거예요."

나는 눈을 질끈 감고 노트에 글자를 적어.

'노하우는 개소리에 불과하다.'

"오늘…… 좀 과격한데?"

원래 계획은 이게 아니었어. 어휘의 중요성을 강조하려고 했거든. 국어 어휘는 물론 영어 어휘까지 알아 둬야 라임이 풍부해진다고 말하려 했어.

그런데 수업 계획에 무언가가 빠졌다는 것을 알아차렸어. 겉으로는 좋아 보이지만 실상은 수업을 하는 사람만 돋보인다는 것을.

"나한테 노하우 알려 주는 게 아까워?"

"그게 아니에요."

제이제이는 나를 물끄러미 내려다봐. 그 눈빛에는 설명을 제대로 해 보라는 재촉이 담겨 있어.

"제 말은……."

"네 말은?"

겉으로 보면 아무 문제가 없어 보이지만, 수업을 듣는 사람을 배려하는 것처럼 보이지만, 이 수업엔 뭔가가 빠졌어. 그것은 무엇인가. 나는 그의 눈빛을 마주 보면서 그 단어를 떠올려. 책을 통해선 자주 만났지만 오랫동안 사용한 적이 없어 혀가 낯설어할 단어, '진심'.

"제 노하우는 아무짝에도 쓸모가 없을 거예요."

"왜지?"

"제가 찾은 노하우니까요."

"지난번 노하우는 도움이 될 것 같던데?"

"노하우는 직접 찾아야 해요. 아니, 찾을 필요도 없어요. 자기 장점에 집중하면 돼요. 장점에 집중하면 저절로 자기만의 노하우를 알게 될 거예요."

"그럼 우리 계약은 깨지는 건가?"

"아뇨. 도울게요."

"뭘?"

"배틀에서 이기도록."

제이제이가 잠시 망설여. 입술을 모으고 생각에 잠겨.

"좋아."

그가 자리에서 일어나 컴퓨터 책상 앞에 앉아. 가사를 쓰고 라임을 만들기 시작해. 족발 가게에 나가기 전까진 줄곧 저렇게 책상 앞에 앉아 있을 거야. 나는 그의 뒷모습을 물끄러미 바라봐.

'진심'이라는 단어가 나를 괴롭혀. 나는 오늘 모든 것을 잃게 된 거야. 힙합은 내게 가르쳤어. 매 순간 자신한테 진실하

106

라고. 그런데 나는 비겁했어. 이 비겁함을 감추고 있는 한 힙합은 내게 아무 의미도 없을 거야.

정혁

비트에 음절을 붙인다. 라임을 만들기 위해 음운을 바꾸고 또 바꾼다. 라임 때문에 의미가 망가지면 안 된다. 제대로 플로우를 타야 한다. 비트는 맥박이다. 쿵, 쿵, 쿵, 쿵! 쿵, 쿵, 쿵, 쿵! 비트가 심장을 두드린다. 가사를 비트에 제대로 입혀라. 그게 인 더 포켓(in the pocket)이다.

꼬마 말이 맞다. 노하우라는 말은 개소리다. 누구의 노하우도 내 것이 될 수 없다. 내가 찾은 노하우도 내일 당장 어떻게 될지 모른다. 노하우는 허상이다. 진짜는 내 몸 안에 있다. 내 몸에서 흘러나오는 가사와 비트. 그것만이 진짜다. 그것을 찾았느냐고? 아니. 왜 못 찾았느냐고? 그 이유를 솔직하게 말해 주지. 그건 내가 진짜 열심히 하지 않았기 때문이다. 내가 나 스스로의 한계를 뛰어넘을 만큼 치열하지 못했기 때문이다. 내 존재를 전부 걸고 도전하지 않았기 때문이다.

꼬마가 선물해 준 시집을 펼쳐 본다. 나는 과연 '영웅'이 될 수 있을까? 언젠가는, 영웅의 모습을 흉내 낼 수 있을까?

택배 물류 알바를 할 때 그런 상상을 했다. 레일 위를 오르

내리는 수많은 상자들을 다 치워 버리고 딱 하나만 남긴다. 그 상자에 가장 소중한 것을 담는다. 레일은 10년 전의 나와 10년 후의 내가 이어져 있다. 세상에서 가장 긴 레일을 타고 상자가 움직인다. 나는 10년 전의 나에게 어떤 이야기를 해 줄 수 있을까. 10년 후의 나는 지금의 나에게 어떤 말을 들려 줄까. 지금의 나는 '그들'에게 어떤 것을 선물해야 할까. 어떤 것을 상자 속에 넣어야 나뿐만 아니라 '그들'에게도 소중한 무엇이 될 수 있을까. '그들'을 삶의 영웅으로 만들 수 있을까.

밤 열한 시, 도건이 인사를 하며 출근한다. 아줌마는 녀석을 반기고 아저씨는 녀석의 인사를 씹는다. 동우는 녀석을 한 번 노려보고는 주문 전화를 받는다. 나는 도건의 어깨를 몇 번 두드려 주고 밖으로 나온다. 뒤돌아 가게 안을 보니 도건은 아저씨 옆자리로 가 눈치를 살피고 있다. 아저씨가 넘겨준 스티로폼을 두 손으로 받아서 비닐 랩을 씌운다.

나는 족발이 담긴 비닐봉지를 싣고 달린다. 헬멧 안으로 겨울바람이 매섭게 들이닥친다. 눈을 부릅뜨고 속도를 높인다. 가로수들이 휙휙 지나가고, 가로등 불빛이 허리를 비틀며 춤을 춘다.

나는 많은 시간을 오토바이 위에서 보냈다.

처음에는 오토바이가 싫었다. 목숨을 담보로 돈을 버는 것 같아 꺼림칙했고 사고가 날까 봐 무서웠다. 그런데 시간이 지날수록, 오토바이 위에 앉아 있는 시간이 길어질수록, 오토바이가 싫지 않았다. 덜덜 떨리는 엔진의 진동을 온몸으로 느끼고 있으면 희한하게 마음이 안정됐다. 안전하게만 타면 사고 위험도 생각보다 크지 않았다.

밥줄이 되어 준 오토바이는 그렇게 내게 친구가 되었다. 때로는 멘토가 되고 스승이 되어 주었다. 오토바이를 통해 인생을 배운 셈이다. 그러나 언제까지 오토바이를 탈 작정인지 나 스스로에게 물어봐야 한다. 오토바이를 타기 전의 내가 오토바이를 탄 후의 나와 다르듯이 오토바이에서 벗어난 나는 또 다를 테니까. 오토바이를 버리는 데에는 무한한 용기가 필요하다. 하지만 오토바이를 버리지 않는 한 나의 성장은 계속 유예될 것이다. 그래, 유예. 나는 이 단어를 시집을 읽고 알게 됐다. 이 단어는 내 곁을 떠나지 않는다.

가게에 들어서는데 분위기가 심상치 않다. 나는 도건을 무섭게 노려보는 동우에게 한 걸음 다가간다.

"이 새끼가 진짜. 너 뭐라고 했어?"

"소크라테스가 아니라 플라톤이라고요. 왜 정확히 알지도 못하는 걸 아는 척해요?"

도건의 기세도 만만치 않다. 나는 그 둘을 번갈아 바라본다.

"이게 보자 보자 하니까."

동우가 선방을 날린다. 동우의 주먹을 맞고 녀석이 넘어진다. 나는 동우에게 달려들어 동우의 몸을 힘껏 민다. 자기보다 어리고 몸집도 작은 녀석이랑 싸우려고 하다니. 비열하다. 도건은 손등으로 코피를 훔치더니 땅바닥을 짚고 일어선다.

"멍청한 게 주먹도 별로네?"

동우를 바라보는 도건의 눈빛에서 이상한 낌새를 느낀다. 녀석은 지금 매를 벌고 있다. 동우가 자기를 더 때려 주기를 바라고 있다. 녀석이 뜻하는 대로 움직이고 있다는 것도 모르고 동우는 식탁 위로 몸을 던진다. 그 바람에 식탁 위에 있던 스티로폼과 포장 용기들이 와르르 바닥으로 쏟아진다. 나는 동우를 뒤에서 껴안다시피 하며 말리고, 아줌마는 도건의 팔을 당겨 자기 뒤로 숨긴다. 나는 동우를 껴안은 채 엉덩방아를 찧는다.

"둘 다 그만두지 못해!"

아저씨가 고함을 지른다. 그 기세에 도건은 고개를 푹 숙인다. 씩씩거리는 동우의 숨소리만 가게 안을 채운다.

"아무리 네가 잘났어도 형은 형인 거야."

아저씨가 도건을 나무라더니 나를 바라보며 말한다.

"애 데려가. 못 오게 해."

"아무리 화가 나도 그렇지, 애를 때리면 어쩌자는 거여."

아줌마는 휴지로 도건이 피를 닦아 주면서 동우를 매섭게 쳐다본다.

"아저씨, 며칠만 더……."

나는 간절한 눈빛으로 아저씨를 바라본다.

"당장 안 데려가?"

도건을 데리고 나가려는데 대진이 뛰어들어 온다.

"사장이 와요!"

대진의 다급한 목소리에 머리보다도 몸이 먼저 반응한다. 아저씨는 바닥에 널브러진 포장 용기들을 줍고 동우는 쓰러진 의자를 세운다. 아줌마는 부리나케 주방으로 들어간다. 나는 도건을 숨길 곳을 찾는다.

"가게 꼴이 이게 뭐야?"

사장은 곧장 아저씨에게 다가간다. 아저씨의 얼굴 표정이 어둡다.

"죄송합니다."

"쟤는 누구야?"

사장이 도건을 손가락으로 가리킨다. 나는 녀석을 내 뒤에 숨긴다. 내가 나설 차례다. 오토바이와 헤어질 시간이다.

"이 녀석은……."

"제 아들입니다."

아저씨가 끼어든다. 나는 다급히 아저씨의 팔을 붙잡는다.

"아저씨!"

"딸아이 간호하느라 애 엄마가 몸이 안 좋아서요. 죄송합니다."

아저씨가 고개를 푹 숙인다. 사장은 탐탁지 않은 표정으로 도건을 노려본다.

"너 정말 잘리고 싶어?"

사장 목소리가 점점 커진다.

"아닙니다."

아저씨 목소리는 점점 작아진다.

"잘리고 싶어서 환장했지? 그치?"

사장이 손가락으로 아저씨의 머리를 쿡쿡 찌른다. 그 바람에 아저씨의 머리가 중심을 잃고 홱 뒤로 젖혀진다. 속이 부글부글 끓기 시작한다. 갑자기 도건의 목소리가 귓가에서 메아리친다.

'힙합은, 내뱉는 거잖아요.'

첫 수업 때 녀석이 해 준 말이다. 나는 도건이 있는 곳으로 고개를 돌린다. 도건의 반짝이는 눈과 마주친다. 나는 사장에게 한 발짝 다가간다.

"잘리고 싶다면, 어쩔 건데요?"

나는 고개를 숙이지 않는다. 턱을 높이 쳐든다.

"이래도 자른다 저래도 자른다, 협박하는 게 그렇게 재미있어요?"

"뭐? 오냐오냐했더니 이 새끼가!"

사장이 한 대 치려는지 팔을 높이 들어 올린다. 대진은 사장의 팔을 탁 낚아챈다. 나는 주머니에서 오토바이 열쇠를 꺼내 바닥에 던진다. 대진도 열쇠를 꺼내 던진다.

"여기 아니면 배달할 데 없는 줄 알아?"

대진과 도건을 데리고 가게를 나온다. 찬 바람이 시원하게 느껴진다. 막혔던 땀구멍 사이사이로 바람이 밀려드는 느낌이다. 하늘에 떠 있는 반달을 한 번씩 보고 우리는 함께 걷기 시작한다.

도건

"내일 아침은……."

꽃미남이 잠깐 말을 멈추고 나를 바라봐.

"두구두구두구……."

제이제이가 추임새를 넣어.

"달걀밥!"

내가 크게 외쳐. 그 소리에 잠에서 깼는지 어느 집 강아지가 멍멍 짖어. 다른 강아지들까지 합세해 골목길은 개 짖는 소리로 가득 차.

"달걀밥을 할 때 가장 중요한 게 뭔지 알아?"

제이제이가 꽃미남에게 물어. 꽃미남은 뒤통수를 긁적여.

"달걀의 반숙 정도?"

"아니지. 간장과 참기름의 비율이라고. 간장이 1이라고 치면……."

제이제이는 술에 취한 사람처럼 갑자기 말을 많이 해. 그의 말에 꽃미남이 웃어 대. 나도 그들을 바라보며 웃고 있어. 하지만 나는 내심 미안해. 그들이 호탕한 웃음으로 무엇을 가리려는지 알 것 같으니까.

보면 볼수록 제이제이는 멋진 사람이야. 그는 말이 아니라 행동으로 보여 줬어. 힙합 정신이 무엇인지를. Keep it real! 늘 진실하게 행동하는 것이 어떤 것인지를. 그의 행동은 나를 더 부끄럽게 만들었어.

휴대폰이 울려. 누나야. 제이제이와 꽃미남은 먼저 집에 들어가.

"도건아……."

누나 목소리가 잔뜩 가라앉아 있어.

"무슨 일 있어?"

심장이 쪼그라들어.

"엄마가 집을 나간 것 같아."

"뭐?"

"어제부터 연락이 안 돼."

나는 안방에서 본 지도 이야기를 꺼내. 누나의 한숨이 자꾸 길어져.

"엄마가 지도를 다 뗐더라고."

"분당, 대구, 통영."

"무슨 말이야?"

"엄마가 빨간색 동그라미로 표시한 곳들."

누나는 잠시 침묵해. 나는 그 침묵에서 누나의 생각을 읽어.

"분당은 내일 내가 갈게. 대구는 누나가, 통영은 아빠가."

"그래, 알았어."

"공원을 찾아봐."

"공원?"

엄마가 붙여 둔 지도를 떠올려. 지도 옆에 붙어 있던 작은 사진 한 장이 기억났어. 나무가 많은 공원 벤치에 앉아 책을 읽고 있는 엄마의 사진.

"응, 공원이 단서야."

누나는 전화를 끊지 않아. 뭔가를 망설여.

"밥 잘 먹고 있어?"

나는 더 기다려. 누나가 하고 싶은 말이 더 있을 것 같아서.

"밥 잘 챙겨 먹어."

"알았어."

전화를 끊고 길게 한숨을 쉬어. 누나에게 하지 못한 말이 남아 있어.

누나, 시는 잘돼 가? 누나는 왜 시인이 되고 싶어? 누나는 엄마를 얼마나 알고 있어? 누나는 엄마의 외로움에 대해 어떻게 생각해? 누나는 얼굴을 들 수 없을 만큼 스스로가 창피한 적이 있어?

누나, 족발 가게에서 일하면서 깨달은 게 하나 있어. 아저씨는 묵묵히 일하는 스타일이야. 족발, 채소, 쌈장을 잽싸게 포장하고 시간이 남으면 그때마다 식탁과 주변을 정리해. 주문이 뜸해지거나 밤이 깊으면 족발을 다듬어. 쭈그리고 앉아 대야에 담긴 족발을 면도칼로 정리해. 아줌마는 커다란 솥에 돼지고기 비린내를 제거하는 재료들을 잔뜩 넣고 족발을 삶아. 뜨거운 김이 풀풀 나는 족발을 집게로 꺼내 커다란 도마 위에 올려놓고 능숙한 칼질로 썰어. 누나, 나는 그들을 보며 누나의 시를 생각했어. 누나의 시가 왜 좋아지지 않는지 알 것 같았거든. 책으로 읽는 것과 경험하는 것의 차이, 그것은 사소할 수도 있지만 아주 클 수도 있어.

그동안 내가 쓴 라임도 누나의 시와 마찬가지야. 화려한 기술로 무장했지만 알맹이가 없다는 느낌. 그래서 제이제이의 랩을 들을 때마다 난 내 안의 텅 빈 구멍을 느낀 것 같아. 알맹이를 얻기 위해 길바닥을 구를 자신이 있는가. 나는 앞으로 얼마나 자주 이 질문을 내게 던지고 또 던져야만 하는 걸까.

누나, 마지막으로 묻고 싶은 게 있어.

한 번 순수함을 잃은 사람은 그걸 다시 되찾기 위해 어떻게 해야 해? 다시 되찾을 수 있기는 해? 한 번 순수함을 잃고, 한 번 솔직함을 잃고, 그렇게 계속 잃기만 하는 게 어른이 되는 과정이야? 정말 그래?

정혁

도건은 아침부터 우리 눈치를 살핀다. 달걀밥도 먹는 둥 마는 둥 하더니 콜라를 홀짝이면서 자꾸 한숨을 쉰다. 우물쭈물 망설이고 있지만 할 말을 뱉고 싶은 눈치다.

"네 잘못 아냐. 어차피 그만두려고 했어."

내 말을 듣고도 녀석의 표정은 나아지지 않는다.

"당장 생활비 필요하잖아요."

"모아 둔 돈 있어. 우리를 너처럼 중딩이라고 착각하는 건 아니지?"

대진이 주먹으로 도건의 어깨를 툭 친다.

"형들, 죄송해요. 저 때문에."

대진과 나는 눈을 동그랗게 뜨고 눈짓을 주고받는다.

"어? 방금 너 형이라고 했지?"

대진이 도건의 어깨를 세게 붙든다. 녀석은 머리를 긁적이면서 살포시 웃는다.

"어젠 누구 전화야?"

내가 도건에게 묻는다. 녀석은 좀 망설이다가 대답한다.

"누나요. 흩어져서 엄마를 찾자고요. 전 오늘 분당에 가 보려고요."

우리는 말없이 고개를 끄덕인다.

"분당은 지하철로 갈 수 있죠?"

"같이 갈까?"

내 말에 녀석은 고개를 크게 끄덕인다.

"좋아. 오늘 가자."

"휴일이니까 너도 학교 갈 필요 없고, 우리도 종일 프리하고."

대진의 말을 신호 삼아 우리는 일어나 움직인다. 그릇을 개수대에 담가 놓고, 상을 닦고, 샤워를 하고, 옷을 고르고, 모자를 푹 눌러 쓴다. 도건은 배낭에서 깨끗한 옷을 꺼내 입는다. 준비를 마치고 현관 앞에 나란히 선다.

대진이 굵은 목소리로 외친다.

"고! 고! 엠씨들 나가신다. 율동공원으로!"

공원 주차장에 빈 자리가 없을 정도로 사람들이 많았다. 호수를 끼고 이어지는 산책로를 따라 우리는 천천히 걸었다. 도건은 신중하게 이곳저곳을 살펴봤다.

입구를 기준으로 정반대편에 번지 점프를 할 수 있는 도약대가 보였다. 호수를 반쯤 돌았을 때 번지 점프장 입구에 다다랐다. 우리는 고개를 젖혀 도약대를 올려다봤다.

"형, 할래요?"

대진은 내게 물었다. 나는 도약대를 쳐다보면서 잠시 망설였다. 멀리서 볼 때와 가까이에서 볼 때 느낌이 달랐다. 생각보다 도약대는 높아 보였고 허리에 매는 로프는 단단해 보이지 않았다. 멋지게 뛰지 못하면 쪽만 팔릴 거야, 돈도 비쌀 텐데 뭐하러, 날씨도 춥고……. 머릿속으로 그렇게 여러 핑계를 대며 뒷걸음치려는 순간, 도건과 눈이 마주쳤다. 녀석의 반짝이는 눈이 내게 또 말을 걸었다.

'장점에 집중해요. 우리는 영웅이니까요!'

"까짓거, 해 보지 뭐."

나는 계단을 성큼성큼 올라갔다. 돈을 내고 안전장치를 맸다. 62미터 높이의 도약대에서 먼 아래를 내려다봤다. 호흡이 가빠졌다. 온몸이 바짝 긴장하고 있었다. 숨기려 해도 숨길 수 없었다.

"아래를 보지 말고 먼 곳을 보세요."

직원의 충고는 별 도움이 되지 않았다. 숨을 크게 들이마시면서 조금씩 도약대 중심으로 이동했다. 점프 라인에 서서 눈을 질끈 감았다.

추운 겨울날, 공원 벤치에 앉아 치킨을 먹으면서 떠들 때 소울리버가 아버지와 함께 호주 앨리스스프링스에 갔던 얘기를 해 줬다. 사막을 세 시간 달려야 도착하는 오지 마을 유엔두무에서 번지 점프를 했을 때 그의 나이는 열두 살이었다. 펜타코스트 섬 원주민들이 성인식을 위해 번랍이라는 나무탑을 세우고 번지의 열대 덩굴을 엮어 만든 줄에 매달려 담력을 과시한 자기 또래들을 생각하면서 소울리버는 뛰어내렸다. 그리고 그는 깨달았다. 자기 또래들이 성인식을 치렀듯이 자신도 그렇게 성장의 한 관문을 뛰어넘었음을.

호수를 바라보며 숨을 내쉬었다. 바람이 뺨에 자국을 낼 기세로 달려들었다. 눈을 감지 않기 위해 안간힘을 쓰고 있을 때 직원의 목소리가 들렸다.

"점프!"

두 발이 힘차게 도약대를 밀었다. 내 몸은 그대로 허공에 떠올랐다. 심장이 덜컹 내려앉는 느낌에 두 눈을 꼭 감았다.

도건

번지 점프를 한 뒤 제이제이는 어느 때보다도 기분이 좋아 보여. 그의 기분을 망치고 싶지 않아 나 또한 유쾌한 척 공원을 쏘다녀. 하지만 마음은 자꾸 무거워져. 엄마의 흔적을 찾을 수 없어. 왜 엄마가 분당에 빨간 동그라미를 친 건지 도무지 알 수가 없어.

"엄마가 공원에 있는 것 같진 않지?"

꽃미남이 물어. 나는 고개를 끄덕여.

"공원 주변을 둘러볼까?"

제이제이의 제안에 우리는 공원을 빠져나와. 이 차선 도로를 무단 횡단으로 건너. 두부전골을 파는 식당 뒤로 길이 나 있어. 아스팔트가 깔린 길이지만 양방향에서 두 대의 차가 한꺼번에 오면 몸을 길가로 바싹 붙여야 할 정도로 좁아. 세 명이서 걷다가 다가오는 차가 있으면 길 한옆으로 붙어서 걸어. 길은 생각보다 길어. 오른쪽으로는 나무와 잡초가 우거진 땅이 이어지고 왼쪽으로는 아무것도 없는 벌판이 보여.

"막다른 길이려나? 그럼 다시 돌아 나오는 것도 일인데."

꽃미남이 부루퉁한 표정으로 말해.

"뭐라도 나오겠지. 좀 더 가 보자."

제이제이의 말에 우리는 계속 묵묵히 걸어. 띵, 하는 신호음과 함께 메시지가 왔어. 누나가 보낸 거야. 나는 잠깐 멈춰서 메시지를 읽어.

'처음엔 엄마한테 시간이 필요하다고 생각했어. 그런데 엄마가 집을 나가니까 덜컥 겁이 나. 우리가 아무리 노력해도 엄마를 이해할 수 없으면 어쩌지?'

나는 누나의 두려움을 전부 이해할 수 없어. 엄마에 대해서도 마찬가지야. 나는 엄마의 어린 시절을 몰라. 엄마가 학창 시절에 어떤 꿈을 품은 소녀였는지, 결혼 후 힘들 때마다 그걸 어떻게 풀고 누구에게 하소연했는지, 날마다 똑같이 반복되는 집안일을 하면서 어떤 것 때문에 가장 속상했는지 몰라. 나는 엄마에 대해서 아는 것이 없는 철부지 아들일 뿐이야. 내가 할 수 있는 일이란 고작 엄마에게 짜증을 내고 집을 나오는 일뿐이야. 엄마에게 상처를 주는 메시지를 보내는 일뿐이야. 랩을 뜯어 음식을 포장하고 오토바이를 걸레로 닦는 일뿐이야.

길은 끝이 나지 않아. 걸어도 걸어도 계속 길이야. 우리는 목적지조차 없이 걷고 또 걸어. 이런다고 엄마를 더 이해할 수 있는 것도 아닌데, 엄마를 더 행복하게 할 수 있는 것도 아닌데. 그렇다고 이제 와서 돌아가자고 할 수도 없어. 그러기엔 너무 많이 걸어왔어.

"뭐가 있는데?"

제이제이의 말에 우리는 마지막 힘을 짜내. 길 끝에 하얀 건물이 우뚝 모습을 드러내.

"국군 수도 병원?"

병원으로 들어가려는 우리를 군인이 막아. 하얀 모자를 쓴 군인이 손가락으로 철제 컨테이너를 가리켜.

"신분증 내고 방문 목적을 적고 오십시오."

우리는 컨테이너가 있는 주차장으로 걸어가다가 갑자기 멈춰. 머리를 맞대고 둥글게 모여.

"들어갈까?"

꽃미남이 내게 물어.

"지금 신분증 없잖아."

제이제이가 꽃미남에게 말해.

"그럼 안 되겠네."

꽃미남이 얼굴을 찡그려.

"여기까지 왔는데 그냥 가긴 아쉽잖아요."

내 말에 두 사람의 눈이 커져.

122

"그럼…… 불법으로?"

제이제이가 말끝을 흐려. 우리는 동시에 하얀 모자를 쓴 군인 아저씨를 쳐다봐.

정혁

우리는 병원에 들어가지 못한다. 담장 밖에 서 있는 군인은 살벌한 표정으로 우리를 주시하고 있다. 우리는 담장 주변을 어슬렁거린다. 주차장 모퉁이에 쭈그리고 앉아 껌을 꺼낸다.

"더블유 비 엄마는 대체 어디에 있는 걸까요?"

대진이 껌을 입에 넣으면서 말한다.

"글쎄."

"글쎄요."

내 대답을 녀석이 따라 한다.

"우리는 대체 여기서 뭘 하고 있는 걸까요?"

대진이 다시 묻는다.

"그것도 글쎄."

"글쎄요."

우리는 고개를 숙인 채 키득거린다. 하얀 모자 군인이 무섭게 우리를 쏘아본다. 우리는 껌 종이를 주머니에 쑤셔 넣는다.

'배달 알바를 아직 못 구해서 사장 아들이 옴.'

동우가 보낸 메시지다. 나는 대진과 도건에게 휴대폰을 내밀어 메시지를 보여 준다.

'사장은 저녁 8시부터 약속 있음.'

"아저씨랑 아줌마한테 제대로 마지막 인사를 드려야겠지?"

내 말에 도건은 미소를 짓더니 한 손으로 내 팔을 잡고 다른 손으로 대진의 팔을 두르고 큰 소리로 외친다.

"고! 고! 엠씨들, 갑시다, 형씨들!"

우리는 또 묵묵히 길을 걷는다. 길은 커다란 곡선을 자랑하며 이어지고 또 이어진다. 신기하게도 들어올 때보다는 훨씬 짧게 느껴진다. 길을 벗어나자마자 이 차선 도로다. 인도에 올라서 한참을 걷자 이 차선 도로가 끝나고 큰 도로가 이어졌다.

우리는 사장이 없는 틈을 타 족발 가게에 들렀다. 나는 아저씨와 아줌마에게 고개 숙여 인사했다. 아저씨가 두 손으로 내 양어깨를 힘껏 쥐었다.

"괜히 내가 나섰구나."

"아니에요. 어차피 곧 그만둘 생각이었어요."

도건은 아줌마에게 다가가 꾸벅 고개를 숙인다. 아줌마는 와락 녀석을 안는다.

"애고, 우리 귀여운 새끼. 고생 그만하고 이제 집에 들어가는 거여."

도건은 아줌마 품에서 벗어나 주뼛주뼛 동우에게 다가간다. 동우는 콧등을 문지르며 콧물을 들이마신다.

"미안……했어요."

도건은 차분한 목소리로 말한다.

"됐어."

그때 전화기가 울리고 동우는 전화를 받는다. 나는 대진과 함께 식당 밖으로 나온다. 내가 타던 오토바이에 다가간다. 대진의 오토바이는 사장 아들이 타고 배달을 가 버렸다. 대진은 멀찍이 서서 나를 기다린다.

"잘 지내라. 그동안 고마웠다."

나는 오토바이 몸체를 손바닥으로 쓰다듬는다. 최대한 담담하려고 노력한다. 더는 오토바이의 심장 소리를 들을 수 없다는 게 아직 실감이 나지 않는다. 그동안 이 순간을 얼마나 두려워했는가. 그리고 또 얼마나 기다려 왔는가.

아저씨가 가게 밖으로 나와 내게 종이컵을 내민다. 컵에는 뜨거운 커피가 담겨 있다. 내가 종이컵을 받자 아저씨는 담배를 문다.

"나도 이참에 확 그만둬 버릴까?"

"사장이 아직도 가불 안 땡겨 줬어요?"

아저씨 입에서 담배 연기가 뿜어져 나온다.

"통쾌하더라. 잘리고 싶다면 어쩔 건데요?"

아저씨가 내 말투를 흉내 낸다. 아저씨 또한 많은 순간 그만두고 싶었을 것이다.

"몇 년 전에 사장이 비식용 목초액을 쓴 적이 있어. 지금은 훈제 오리 메뉴가 빠져서 안 쓰지만. 내 아이들이 눈앞에 어른거려서 안 쓰고 싶었지만 별수 있나.”

아저씨는 입술을 오므려 담배를 깊이 빤다. 고개를 들어 올려 먼 하늘을 향해 연기를 내뿜는다.

“힘이 없다는 건 그런 거야. 하고 싶지 않은 일을 참고 해야 하지. 한번 참고 넘어가면 그다음부터는 아주 쭉 벗어날 수가 없어.”

아저씨가 시선을 내려 나를 바라본다.

“랩인가 뭔가를 할 거냐?”

나는 말없이 고개를 끄덕인다.

“이왕 할 거면 제대로 해 버려. 다 작살을 내 버리라고.”

“종종 들를게요.”

“여기 들를 시간 있으면 아버지한테 들러.”

“……”

“많이 기다리실 거다.”

아저씨가 담배꽁초를 휙 던지고는 가게 안으로 들어간다. 대진도 아저씨를 따라 들어가고 나는 홀로 남는다. 나는 오토바이에 앉아 본다. 핸들을 잡아 본다. 오토바이는 기억해 줄 것이다. 내가 스쳐 간 장소와 사람들을. 무의미하게 흘려보낸 시간들을. 뜨뜻미지근했던 내 젊음을.

허공에
전 생애를
성냥처럼
죽 그으며
질주한다

_ 이원, 「오토바이」

리스펙트
respect
당신을 존중한다

도건

범생이는 사과를 받는 둥 마는 둥 했지만 별로 기분이 나쁘
진 않아. 사과라는 게 받는 사람을 위한 것만은 아닌 듯해. 사
과하는 사람의 마음도 가볍게 해 주는 듯해. 범생이가 주문
전화를 받는 동안 나는 아저씨 앞으로 성큼 걸어갔어. 아저씨
는 말없이 내 어깨를 몇 번 두드리고는 주머니에서 담뱃갑을
꺼내.

"아저씨, 가끔 와도 돼요?"

"여기에?"

"저는 아저씨를 리스펙트 해요!"

아저씨는 뭐 이런 엉뚱한 놈이 다 있냐는 듯한 표정이야.

128

"리스펙트? 그게 뭐냐?"

"존경한다는 뜻이에요."

잘난 척이 또 심했나? 괜히 말을 꺼낸 건가? 나는 머리를 긁적이면서 뒤로 물러서. 그때 아저씨가 살짝 웃으면서 내 손을 덥석 잡아.

"고맙구나."

아저씨가 가게 밖으로 나가자 범생이는 식탁으로 다가와 족발을 포장해. 랩을 자르는 폼이 지난번보다 나아졌어. 여전히 어설프긴 하지만. 나는 격려의 말을 한마디 던져 주고 싶지만 참아. 분명 범생이는 내 말을 조롱 섞인 비난으로 받아들일 테니까. 나는 주방에서 분주한 아줌마에게 다가가.

"떡볶이 먹고 싶어요."

"그려? 그럼 해 줘야지."

아줌마는 콧노래를 부르며 떡볶이 양념을 만들기 시작해. 가게 안은 떡볶이 냄새로 가득 차. 나는 잠시 기분이 좋아져. 아줌마의 콧노래를 따라 불러.

"엄마가 돌아오면 무조건 엄마 편이 되어 줘. 그거면 되는 거여."

아줌마는 여자들이 나이 먹는 것을 얼마나 끔찍하게 싫어하는지 얘기해. 여자의 몸과 노화에 대해서. 완경, 조기 폐경, 주름, 탄력, 관절통, 노화, 보톡스 따위의 단어들이 내 몸에 흡수되지 못하고 그대로 튕겨 나가. 완경은 뭐고 조기 폐경은 또 뭘까? 하지만 나는 아줌마 이야기에 귀를 기울여. 아줌마와 이렇게 두런두런 이야기를 나누는 게 좋아.

"무조건 엄마 손을 잡아 주란 말여. 말썽 부리지 말고."

"네."

나는 고개를 끄덕여.

엄마와 아빠의 결혼 생활은 행복해 보이지 않았어. 누나는 원래 그런 거라고 말했어. 결혼해서 행복한 커플은 얼마 안 된다고. 그래도 나는 엄마와 아빠가 행복하기를 바랐어. 누나가 좋은 성적을 받아 오면 며칠 동안 엄마는 행복해 보였어. 동네 아줌마들을 만날 때마다 누나 자랑을 했어.

엄마의 기쁨은 오래가지 못했어. 엄마는 금세 시드는 꽃처럼 다시 한숨을 쉬었어. 청소기 선이 꼬일 때마다 한숨, 냄새를 풀풀 풍기는 가족들의 빨래를 하면서 한숨, 수북이 쌓인 설거지를 보며 또 한숨…….

아줌마의 떡볶이 냄새가 코 속을 파고들어. 입 안 가득 침이 고여. 몸은 나른하고 마음은 평화로워.

가게 문을 밀고 고개를 빠끔 내밀어. 아저씨가 몸을 부르르 떨며 가게 안으로 들어와. 오토바이 위에 앉아 있는 제이제이가 보여. 춥지도 않나. 나는 문을 열고 나가 그에게 다가가. 그때 뿌아앙, 하는 소리와 함께 오토바이 몇 대가 쏜살같이 달려가. 헬멧을 쓴 사람도 있지만 안 쓴 사람들도 있어. 뒷자리에 앉아 환호성을 지르는 여자가 보여. 헬멧도 쓰지 않고 여자는 까르르 웃으면서 앞사람의 허리를 더 꼭 붙들어.

이상한 일이야. 왜 여자의 밝은 웃음에서, 저 하얗고 아름다운 다리에서 잔인한 사고 장면을 떠올리는 걸까. 바닥으로 기우는 오토바이, 아스팔트에 부딪치는 여자의 몸, 바닥을 찧는 여자의 얼굴, 바닥에 구르는 남자의 몸, 아스팔트 위로 완전히 쓰러진 채 계속 미끄러지는 오토바이와 타다닥 일어나는 불꽃……. 나는 잔인한 공포 영화를 본 사람처럼 몸을 부르르 떨어. 피부에 돋은 소름을 없애려고 천천히 문질러.

"왜 그래?"

말소리가 들리는 곳으로 고개를 홱 돌려. 오토바이에 앉은 제이제이가 나를 바라보고 있어.

"아니에요."

나는 그가 있는 쪽으로 걸어가.

"이제 어떻게 할 거니?"

"모르겠어요."

"엄마를 더 찾아보려고?"

"모르겠어요."

제이제이의 입김이 얼굴로 밀려와. 커피 향에 목이 메려고 해.

"엄마가 밉니?"

"……."

"보고 싶니?"

나는 대답하지 않은 채 고개를 숙여.

"이해와 사랑은 별개야."

그의 목소리가 부드럽게 밤을 감싸 안아.

"이해하지 못해도 사랑할 수 있어. 부모는 자식을 다 알아서 사랑하는 게 아냐."

제이제이는 들고 있던 종이컵을 구겨.

"집에 들어가는 게 어때?"

"……."

"엄마는 곧 오실 거야."

제이제이가 오토바이에서 내리면서 말해. 나는 그의 얼굴을 잠시 들여다봐.

"형도 아저씨를 리스펙트 하죠?"

"당연하지."

"부모님도 리스펙트 해요?"

그는 대답 대신 먼 곳을 바라봐. 우리는 골똘히 생각에 잠겨. 나는 내 엄마와 아빠를 생각하고 제이제이 또한 그러는 것 같아. 엄마는 지금 어디에 있는 걸까?

"부모를 존경할 수 있는 사람은 축복받은 거야."

나는 가만히 제이제이의 말을 듣고 있어.

"집을 나오고 나서 알았어. 내가 아무리 발버둥 쳐도 아버지 어깨를 누르는 삶의 무게를 짐작조차 할 수 없다는 것을."

엄마도 그랬던 걸까? 엄마도 사는 게 무겁기만 했던 걸까?

제이제이의 목소리가 자꾸 가라앉아. 그의 얼굴을 힐끔 쳐다봐.

"첫 과제는 잘하고 있어요?"

자기 목소리에 자부심 갖기. 제이제이의 성장을 방해하고 그를 두렵게 하는 것의 실체는 무엇일까. 나는 여전히 그에 대해 모르는 게 더 많지만 내가 분명히 알고 있는 한 가지 사실을 말해 주기로 결심해.

"형 목소리는 굉장한 악기예요."

"……."

"기분 좋으라고 하는 말 아니에요."

"알아. 고맙다."

제이제이의 랩 실력은, 그리고 그의 행복은 전부 그에게 달려 있어. 엄마의 행복이 엄마에게 달려 있는 거라면, 자식인 나조차도 엄마를 행복하게 할 수 없는 거라면, 그 사실을 받아들이고 집으로 돌아가야 하는 걸까.

"집으로 갈게요."

내 말에 그는 고개를 끄덕이더니 내 어깨를 탁탁 두드려 줘.

"자주 만나자."

제이제이의 말에 미소가 저절로 번져. 지금 이 순간 내가 듣고 싶은 말을 그는 어떻게 정확히 알고 있는 걸까.

지욱이에게서 전화가 와. 지욱이는 떨리는 목소리로 당장 자기 집 앞으로 오라고 말해. 보통 일이 아닌 것 같아. 지욱이 집으로 달려가. 거친 숨을 몰아쉬는데 지욱이가 다짜고짜 내게 퍼부어.

"네가 그렇게 비겁한 놈인 줄 몰랐어."

나는 지욱이 말을 이해하지 못해 눈을 끔벅여. 지욱이는 내 쪽으로 한 걸음 더 다가와. 나를 바라보는 지욱이 눈빛이 차가워.

"상민이한테 들었어. 어떻게 그럴 수가 있지?"

상민이가 그날 나를 봤단 말이야? 등줄기를 타고 한기가 쓰윽 내려가.

"그게 말이지⋯⋯."

"넌 겁쟁이고 배신자야. 그러니 네가 하는 힙합도 그런 거겠군."

나는 아무런 대꾸도 하지 못해. 지욱이에게도 상민이에게도 변명할 말이 없어. 그게 비겁한 겁쟁이의 최후야.

지욱이는 마지막 말을 남기고 사라졌어.

"최소한 상민이한테 사과라도 해라."

나는 집으로 돌아가. 안방 문은 굳게 닫혀 있어. 내 방으로 들어가 푹신한 침대에 앉았어. 아무것도 변한 게 없어. 집은 예전 그대로의 모습으로 나를 반겼어. 그런데 기분이 이상해. 뭔가 달라진 것 같아. 나는 그대로 침대에 쓰러졌어. 엄청난 피로감이 나를 덮쳤어.

그때 교복이 꽃미남의 집에 있다는 사실을 문득 깨달았어. 몇 번의 결석과 잦은 지각으로 더 깎일 생활 점수도 없는

데⋯⋯. 그런 생각을 하다가 나는 곯아떨어졌어. 아주 깊은 잠을 달게 잤어. 힘든 일이 있을 때마다 그랬듯이 나는 잠의 세계로 도망갔어.

정혁

시장에 들른다. 오랜만에 찾았는데도 시장은 여전하다. 사람들의 흥정과 활기로 뜨겁다. 나는 코를 킁킁거린다. 주머니에서 주머니로, 손에서 손으로, 사람들의 숨결에서 숨결로 바쁘게 떠다니는 지폐의 냄새를 맡는다. 시장을 느끼는 나만의 방식이다. 묘한 안도감이 온몸에 퍼진다.

오늘도 뚱뚱이 아줌마네는 전 굽는 고소한 냄새를 풍긴다. 파전, 호박전, 고추전, 동태전이 정갈하게 포장되어 손님을 기다리고 있다. 소주에 알딸딸하게 취한 과일 가게 아저씨의 볼이 발갛다. 아저씨는 아줌마에게 뉴스와 경제 용어를 늘어놓고 아줌마는 남편 말을 흘려들으면서 과일을 정리한다. "마누라, 내 말 좀 들어봐." 아저씨의 말은 이렇게 시작해서 "어허, 그게 아니라니까 그러네."로 끝난다. 채소 가게의 젊은 형제는 툭하면 말다툼을 한다. 승부가 나지 않고 치열하게 이어지는 그들의 공방전은 손님이 오면 잠시 뚝 그쳤다가 손님이 뜨자마자 바로 이어진다. "형이 틀렸다니까." "너 또 형을 무시하는 거냐?" 형이 노안이라 나이 차이가 많은 듯 보이지만 실상 그들은 두 살밖에 차이가 나지 않는다. 그런데도 채소 가게의 형님은 걸핏하면 동생의 복종을 요구한다. 묵집 아줌마는 별 명이 하회탈이다. 아줌마 얼굴에선 미소가 떠나는 날이 없다. 좋은 재료로 묵을 만들어 싼값에 판다. 자부심이 대단하다. 나 또한 아줌마네 묵밥을 좋아한다. 나를 보자마자 아줌마는 앞 치마에 손을 비비며 달려 나온다.

"정혁아, 니 오랜만이데이. 묵 먹고 가라."

아줌마가 내 손을 잡자 갑자기 허기가 밀려든다.

"아버지부터 보고요. 금방 올게요."

그리고 나는 그를 보고야 만다. 그는 시장의 젊은 배달꾼 이다. 이 겨울에도 민소매 옷을 입고 다닌다. 그의 다부진 몸 과 옹골찬 이마가 나를 스쳐 지나간다. 그가 채소 가게 앞에 짐을 내려놓은 뒤 기지개를 켠다. 금방이라도 터질 듯 부풀어 오르는 팔 근육과 근육 사이로 비죽 솟아 나온 겨드랑이 털의 생생함. 끙, 하고 기합을 넣으며 물건을 어깨에 짊어지고 걸을 때 얼굴에 퍼지는 자연스러운 자부심. 단단한 두 다리로 생의 중심을 잡고 시장 바닥 사람들을 요리조리 피하는 센스와 유 연함. 일을 다 끝낸 뒤 몸에 달라붙은 피로를 떨쳐 내려는 듯 머리카락을 탁탁 털어 낼 때 뚝뚝 떨어지는 남성성.

그가 다시 무거운 짐을 짊어지고 내 쪽으로 온다.

"생선, 오랜만이네."

136

그에게 손짓으로 인사를 건네는데 족발 냄새가 코 속을 파고든다. 지겹도록 맡았던 냄새, 그만 맡았으면 좋겠다고 생각한 냄새였는데, 막상 시장에서 다시 족발 냄새를 맡으니 엄청난 허기가 몰려온다.

"정혁아, 족발 먹을래?"

족발 가게 아저씨가 랩에 싼 족발 포장을 내민다. 랩 위로 족발이 만져진다. 식은 족발의 콜라겐이 랩과 함께 손바닥에 착 달라붙는다.

"잘 먹겠습니다."

나는 손톱으로 랩을 찢고 족발을 입에 넣는다. 맛있다. 식다 못해 차갑지만 비린내가 전혀 느껴지지 않는다. 허겁지겁 족발을 먹으며 걷는다. 비릿한 생선 냄새가 훅 다가온다. 아버지가 보인다. 고무장갑을 낀 아버지가 도마 위 생선을 다듬고 있다. 족발이 닿았던 손가락을 쪽쪽 빨고 나서 가게로 걸어간다. 그러다가 망설인다. 다시 걷다가 잠시 멈춘다. 아버지는 코를 훌쩍이더니 팔등으로 콧물을 닦는다.

"아버지……"

나는 조용히 아버지를 불러 본다. 아버지는 잠시도 고개를 들지 않고 바쁘게 움직인다. 멀리서 아버지가 일하는 모습을 지켜본다. 아버지의 몸은 체계적으로 움직인다. 마치 내가 오토바이를 타고 족발을 배달할 때 그렇듯 리듬감이 느껴진다.

집을 나가기 전에는 몰랐다. 알바로 돈을 벌기 전에는 정말 몰랐다. 돈을 번다는 일이 얼마나 힘겹고 무거운 일인지를. 내 입으로 들어가는 밥알의 소중함을. 아버지는 매일 팔다 남은 생선을 가지고 왔다. 그래서 저녁상에는 생선구이가 빠지지 않았다. 하루는 생선 냄새가 맡기 싫어 투정을 부렸다.

"생선 좀 그만 먹으면 안 돼요?"

아버지는 아무 대꾸도 하지 않고 그대로 방을 나갔다.

칼을 들고 생선 대가리를 자르는 아버지의 오른팔을 바라본다. 아버지의 등뼈에는 자국이 있을 것이다. 오른팔을 너무 많이 쓴 사람만이 지닐 수 있는 통증이 있을 것이다. 나는 아버지에게 다가가지 못하고 시장을 빠져나온다. 아버지 어깨에 올려진 무거운 책임감. 그것을 내가 덜어 줄 수 없다는 사실이 가슴을 짓누른다.

그런 내 마음을 알 수 없는 시장은 활기를 더해 간다. 막바지 할인을 잡으려는 사람들이 계속 몰려든다. "떨이요, 떨이!"를 외치는 아저씨들의 목청이 나를 끈질기게 따라붙는다.

도건

학교를 빠졌어. 도저히 지욱이와 상민이 얼굴을 볼 자신이 없었어. 나는 무작정 걸었어. 한강을 바라보며 걷다가 압구정 나들목에 도착했어.

138

나들목 토끼굴 안으로 들어갔어. 토끼굴을 가득 채우고 있는 그라피티를 보면서 천천히 걸었어. 아, 하고 외치니 목소리가 메아리로 되돌아왔어. 모든 것이 부메랑처럼 내게 되돌아온다는 느낌이 들었어. 나를 둘러싼 것들이 나를 겨냥하고 장미 가시가 되어 나를 콕콕 찌르고 있었어.

여기는 내가 좋아하는 래퍼 페퍼의 아지트이자 연습장이야. 이곳에서 그는 멋진 음악들을 만들어 냈어. 이곳을 큰 무대라 생각하고 연습하고 또 연습했어. 드디어 그는 유명해지고 돈을 벌었어. 그런데 사람들은 그가 힙합을 대중화하고 초심을 잃었다고 비난했어. 오랜 팬들마저 그를 공격했어.

토끼굴을 빠져나와 둔치의 빈터로 갔어. 흐르는 강물을 바라보고 하늘을 한 번 쳐다봤어. 긴 한숨이 입에서 새어 나왔어. 제이제이의 목소리가 듣고 싶었어. 하지만 아직 그가 자고 있을 시간이야. 나는 입술을 잘근잘근 씹으면서 시간이 흘러가기를 기다렸어. 제이제이의 얼굴을 보면서는 도저히 이야기를 꺼낼 수 없을 것 같아.

한 시간쯤 지났을까. 제이제이에게 전화를 걸었어. 그는 방금 잠에서 깬 가라앉은 목소리로 전화를 받아. 그렇지만 그의 목소리에는 따뜻함이 묻어 있어.

"집에 잘 들어갔니?"

"네……. 너무 일찍 전화했죠?"

"아냐. 일어나야지. 무슨 일이야?"

두 가지 목소리가 내게 말을 걸고 있어. 하나는 여기서 전화를 끊어야 한다는 목소리고, 다른 하나는 지금 당장 그에게 솔직하게 털어놓으라는 목소리야. 나는 망설였어. 제이제이는 그런 나를 기다려 줬어.

"형……."

"그래. 듣고 있어."

"비겁한 사람은 힙합을 하면 안 되는 거죠?"

누구 것인지 알 수 없는 연이 하늘에 둥둥 떠 있었어. 하늘을 나는 연을 멍하니 바라보며 눈을 부릅떴어. 눈물을 흘리고 싶지 않았어.

"비겁하지 않은 사람은 없어."

제이제이가 읊조렸어.

"이 일에 비겁하지 않은 사람도 다른 일엔 비겁할 때가 있어. 겁이 많다는 게 꼭 나쁜 건가?"

제이제이가 도리어 내게 질문을 던졌어. 그 질문에 참았던 감정이 터졌어. 기어이 눈물 한 방울이 아래로 툭 떨어졌어.

"무슨 일인지 모르겠지만, 내가 비겁했다고 인정하고 그걸 말할 수 있으면 돼. 그러려면 큰 용기가 필요하지만 용기를 잃지 않는 한 떳떳하게 힙합을 할 수 있어."

제이제이는 내가 좋아하는 페퍼 이야기를 들려줬어.

페퍼는 어린 시절 가난했어. 가족 모두 하루에 딱 한 끼만 먹었는데 김밥으로 때운 적이 많았대. 그 기억 때문에 지금도 김밥을 싫어한대. 어른이 되자마자 페퍼는 아르바이트를 했어. 돈을 모아 처음으로 스테이크를 먹은 날 알싸한 후추 맛에 반했대. 그래서 페퍼라는 단어에 꽂혔다는 거야.

"페퍼는 인터뷰에서 이렇게 말했어. 열정은 반드시 통합니다. 저는 무대에서 누구보다도 뜨겁고 그거 말고 중요한 건 없습니다. 그리고 그는 쿨하게 인정했어. 돈을 많이 벌고 싶고 성공하고 싶었다고. 자기가 늘 힙합 정신이 담긴 음악만 한 건 아니라고. 진짜 멋지더라. 자기 약점을 있는 그대로 인정하는 용기는 아무나 지닐 수 있는 게 아니잖아?"

제이제이는 꽃미남이 꼈다면서 급히 전화를 끊었어. 나는 그에게 고맙다는 인사를 하지 못한 게 아쉬웠어.

한강을 바라보며 계속 길을 걸었어. 마음의 목소리는 다시 학교로 돌아가야 한다고, 이번에는 도망쳐선 안 된다고 말하고 있었어. 바람에 휘청이는 연이 나를 뒤따라오는 것처럼 느껴졌어. 나는 좀 더 빠른 걸음으로 걷기 시작했어.

정혁

달걀밥을 세 그릇 만들었다. 뜨거운 김이 폴폴 올라오는 달걀밥을 멍하니 바라본다. 집으로 돌아간 도건의 몫까지 만든 거다.

거다.

"제가 한 그릇 더 먹을게요."

대진은 행주를 개수대에 던지면서 말한다. 우리는 상에 앉아 묵묵히 밥을 입에 퍼 넣는다. 도건이 없는 밥상은 조용하다.

대진은 내 얼굴을 힐끗 보더니 말을 꺼낸다.

"형, 저도 자퇴하려고요."

밥을 입에 떠 넣으려다가 멈칫한다.

"꼭 해야겠어?"

나는 대진의 눈을 쳐다보지 못한 채 묻는다.

"네. 재미도 없고 의미도 못 찾겠어요."

요즘 들어 결석이 잦아 눈치를 채고 있었지만 그래도 내심 대진이 계속 학교에 다니기를 바랐다. 이런 기분이구나. 자퇴 이야기를 꺼냈을 때 아버지 기분이 이랬겠구나.

"하지 마."

툭 튀어나온 말을 주워 담지 못한 채 밥을 퍼먹는다. 대진이가 밥상 위에 숟가락을 내려놓는다.

"형도 했잖아요."

"내가 해 봤으니까 말리는 거야."

"형!"

나는 대진의 부모도 아니고 보호자도 아니다. 나에겐 아무런 권한도, 자격도 없다. 그런데도 꼰대처럼 대진이 원하는 것을 반대하고 있는 꼬라지라니.

"사람들 시선이 중요하다는 말이 아니야. 하고 싶은 일이 있으면 그냥 하면 돼. 학교를 다니든 안 다니든 상관없다고."

"학교에 앉아 있는 시간이 존나 아깝단 말예요!"

"그래 봤자 일 년이야. 일 년만 참아."

우리에게 학교 졸업장이 의미가 있는 것은 아니다. 그렇지만 학교를 자퇴한다고 뾰족한 수가 있는 것도 아니다. 우리처럼 자기가 하고 싶은 일이 있는 친구들이 행복하게 다닐 수 있는 학교는 아직 한국 사회에 존재하지 않는다.

"좋아요. 형이 이기면 생각해 보죠."

대진은 벌떡 일어나 냉장고에서 사이다와 콜라를 가져온다. 누가 더 빨리 원샷을 하고 잔을 내려놓느냐, 그것에 대진의 자퇴 여부가 달렸다.

"좋아. 하나, 둘, 셋!"

셋을 외치면서 우리는 동시에 잔을 입에 대고 벌컥벌컥 마신다. 목구멍이 찢어지는 것 같다. 대진의 잔에 담긴 콜라가 쑥쑥 줄어드는 게 보인다.

"예스!"

대진이 이겼다. 대진은 일어나 원을 그리면서 거실을 뛰어다닌다.

"부모님께 잘 말씀드려. 충격이 크실 거야."

나는 목구멍을 손가락으로 누르면서 말한다.

"걱정 마요."

거친 숨을 토해 내며 대진은 거실 바닥에 앉는다.

"냉혹한 사회에 나오는 걸 미리 축하한다."

내가 남은 사이다를 쪽쪽 마실 때 대진의 얼굴에 그늘이 드리워진다. 고통스러운 듯 미간을 모은다. 녀석, 쿨한 척하고 있지만 역시 자퇴를 앞두고 심란한 게야. 나는 말없이 대진의 등을 두드려 준다. 그때 대진의 입에서 끄억, 하고 긴 트림이 터져 나온다. 잠시의 침묵. 그러다가 우리는 킬킬거리며 뒤집어진다. 바닥에 드러누워 배를 잡고 웃다가 서로의 몸을 발로 차기 시작한다.

나는 천장을 바라보며 말했다.

"아버지가 보고 싶네."

내 말에 대진이 몸을 모로 돌린다.

"형도 그래요? 저도 요새 그래요."

어제부터 줄곧 아버지 생각을 하고 있다.

동우가 그런 말을 했었다. 어떤 돈의 액수가 몸에 박히는 기분을 아느냐고. 나는 눈을 감는다. 고된 아버지의 삶과 아저씨의 구멍 뚫린 양말 앞코와 아줌마의 더러운 앞치마와 대진의 투박한 손. 이미 내 몸에 깊숙이 박힌 것들과 그것을 통증 없이 느낄 수 없다는 사실을 알아 버린 순간들.

휴대폰이 울린다. 넥타다. 나는 반가운 마음에 서둘러 전화를 받는다.

"형!"

"제이제이! 잘 지내냐?"

바로 어제 통화한 사이처럼 마음이 환해진다.

"나 군대 간다."

"형……."

"가기 전에 네 얼굴 보고 싶어서. 다 부를 테니까 나와라."

"그럼요. 꼭 갈게요."

군대. 피할 수 있다면 지구 끝까지라도 도망가서 피하고 싶지만 절대 피할 수 없는 무서운 놈. 그렇게 남자의 스무 살은 갑자기 무거워진다.

대진의 형은 육군에 끌려갔지만 십자 인대가 완전히 파열돼 의병 제대를 했다. 미국에서 태어난 엑스는 미국 시민권을 택하면서 군대를 가지 않아도 되는 '신의 아들'이 되었고, 소 울리버는 해병대에 지원했다. 평소 그는 애국과 거리가 먼 인물이었다. 애국심을 '디스'했던 그가 해병대에 입대했을 때 많은 사람들이 의아해했다. 나도 그랬다.

내후년이 되면 나에게도 영장이 날아올 것이다. 나는 어떤 부대에서 어떤 사람들을 만나게 될까. 음악과 멀어지고 싶지 않다는 욕심에 군악대를 알아보고 있지만 자격 요건이 안 된다. 군악대에 합격하려면 성악을 전공하거나 관악기를 잘 다루거나 피아노를 끝내주게 잘 쳐야 한다. 대진과 헤어져야 한다는 것도 걱정이다. 대진이 없는 시간을 나는 무슨 수로 버텨야 할까. 언제나 그렇듯이 시간이 모든 것을 해결해 주겠지.

어느덧 스물인데.
낚싯바늘을 피해
안도의 숨을 쉬네.
세상은 그물인데.

_ 타블로, <밀물>

휴지
rest
호흡과 호흡 사이

도건

담임에게 몸이 안 좋아서 지각했다고 말해. 거짓말이 아냐. 토끼굴에 갔다가 학교에 오자마자 설사를 했거든. 선생님은 핼쑥한 내 얼굴을 한번 훑어보더니 알았다고 말해.

교실로 걸어가는데 나를 바라보는 아이들 시선이 이상해. 남자애들은 나를 한심하다는 듯이 바라보고 여자애들은 저희끼리 수군거려. 느낌이 안 좋아.

교실로 들어가자마자 지욱이를 끌어냈어. 복도 창가에 서서 지욱이는 지나가는 아이들을 신중히 살폈어. 수업 시작종이 울리고 아이들이 교실로 들어갔어. 그제야 지욱이가 입을 열어.

"이기열 자식이 소문을 낸 모양이야."

소문의 내용은 역시 사실과 달랐어. 내가 손윤한의 꼬붕이 되려고 상민이를 괴롭혔다는 거였어. 나는 주먹을 불끈 쥐었어. 이기열이 퍼뜨린 거짓 소문에 당한 아이들이 한두 명이 아니야.

"손윤한이 이기열한테 시킨 짓 아니야?"

내가 지욱이에게 물었어.

"그건 아닌 것 같아. 이기열이 원래 그런 일 전문이잖아."

지욱이와 나도 교실로 들어갔어. 수학 선생님이 들어오고 지욱이는 수업에 집중했어. 나는 상민이를 쳐다봤어. 상민이는 내 시선을 느끼면서도 일부러 모르는 척을 하는 건지 아니면 오늘도 집중해서 글을 쓰고 있는 건지, 고개를 푹 숙이고 계속 뭔가를 쓰고 있어. 상민이 뒤에 앉은 이기열을 노려봤어. 이기열은 내 따가운 시선을 느꼈는지 나를 한번 쳐다보며 씩 웃어.

나는 0의 시간이 끝나기를 기다려. 0과 0 사이에 있는 1의 시간을 이렇게 간절히 기다려 본 적이 있나 싶어. 종이 울리고 선생님이 나가자 나는 책상을 손바닥으로 치면서 일어나. 이기열에게 뚜벅뚜벅 걸어가. 이기열은 비웃음을 머금은 얼굴로 나를 쳐다봐. 해볼 테면 해보라는 표정이야.

"이기열, 네가 진짜 한심한 이유를 말해 줄까?"

이기열은 대꾸조차 하지 않아. 나는 차분한 목소리로 말해.

"너는 하고 싶은 말이 없는 인간이야."

내 말에 이기열이 다리를 꼬아.

"남들 말만 옮기고 소문을 부풀릴 뿐, 한 번도 진짜 네 말을 한 적은 없어. 그렇지?"

"그래서?"

"앵무새랑 다를 게 없는 인간."

"뭐?"

나는 이기열에게 다가가. 그의 귀에 입을 갖다 대고 작은 목소리로 속삭여.

"앞으로 입조심하는 게 좋을 거야."

이기열이 내 몸을 팔로 홱 밀쳐.

"누가 너 같은 놈 협박에 떨 줄 알아?"

나는 비열한 웃음을 날리면서 말해.

"그럼 앞으로도 죽 그렇게 살아 봐. 내가 어떤 짓을 할지 궁금하면 말이지."

이기열과 나 사이의 대화에 귀를 기울이던 상민이는 내가 자기 쪽으로 다가가자 벌떡 일어나. 복도로 나가더니 빠른 속도로 걸어가. 나는 상민이 이름을 부르면서 뒤를 쫓아가. 상민이는 무작정 복도를 따라 걷다가 복도 끝에서 우뚝 멈춰 서.

"상민아……."

상민이는 벽을 바라본 채 그대로 멈춰 있어. 나는 한 걸음 더 상민이에게 다가가.

"내가 잘못했어."

상민이는 벽이라도 된 것처럼 아무 반응이 없어.

"내가 비겁했어. 용서해 줘."

상민이 어깨가 가늘게 떨리기 시작해. 나는 가만히 상민이 어깨에 손을 얹어. 상민이가 진정될 때까지 기다려.

"이러면 안 되는 거 아니야?"

상민이가 작은 목소리로 말해.

"응?"

"힙합에선 남성다움이 중요하다며."

상민이 몸을 내 쪽으로 돌리면서 말해.

"힙합을 공부했구나!"

내 말에 상민이 얼굴에 미소가 떠올라. 나는 상민이의 손을 잡고 마구 흔들어.

"미안해."

상민이는 고개를 몇 번 끄덕여.

"우리, 친구 맞는 거지?"

상민이가 내게 물어. 나는 큰 소리로 대답해.

"당근이지!"

나와 상민이가 교실로 들어가자 지욱이가 우리를 번갈아 바라봐. 지욱이와 내 눈빛이 교차해. 지욱이는 다시 고개를 숙이고 공부를 시작해.

마지막 수업이 시작되고 손윤한 무리가 교실로 허겁지겁

들어와 앉아. 나는 손윤한을 몇 번 힐끔거려. 오늘도 손윤한은 교과서 밑에 휴대폰을 숨기고 동영상에 빠져 있어. 나는 아랫입술을 꼭 물면서 손윤한의 옆얼굴을 노려봐.

수업이 끝나고 교문을 나서는데 휴대폰이 울려. 제이제이야. 반가운 마음에 얼른 전화를 받아. 제이제이의 목소리에 흥분이 살짝 묻어 있어.

"도건아, 소울리버 만나러 갈 건데 같이 갈래?"

"헐, 진짜요? 대박!"

"같이 가는 거지?"

"지금 달려갈게요!"

그길로 꽃미남 집으로 달려가. 숨이 턱까지 차오르지만 다리를 멈출 수가 없어. 꽃미남 집이 눈에 들어와. 그제야 허리를 굽혀 숨을 몰아쉬어. 조금 더 걸어가자 제이제이의 얼굴이 보여. 제이제이는 털이 달린 점퍼에 스냅백을 쓰고 나를 기다리고 있어. 나를 발견하고는 손을 들어 올려.

"갈까?"

제이제이와 함께 버스 정류장으로 걸어가. 마음을 진정시키려고 노력하지만 잘 안 돼. 내가 소울리버를 만나다니. 상상도 할 수 없던 일이야. 머릿속에 소울리버라는 단어를 쓰고 그 옆에 인 더 포켓을 써. 그리고 포즈. 맥박처럼 혈관을 두드리는 비트를 생각해. 쿵, 쿵, 쿵, 쿵! 비트와 비트 사이, 음절과 음절 사이에서 잘 쉬어 줘야 해. 휴지를 놓치면 안 돼. 쿨 지

랩이 남긴 말이 떠올라.

'포즈 하나를 놓치면 플로우 전체가 엉망이 될 수도 있다!'

제이제이와 버스를 타. 약속 장소가 가까워질수록 가슴이 쿵쾅거려. 돌아 버리기 일보 직전이야. 제이제이의 얼굴에도 흥분과 긴장이 스쳐 지나가. 20분쯤 흘렀을까. 그가 내리자는 신호를 보내. 왕돈가스를 파는 식당으로 걸어가 문을 밀어.

"여긴 여전하네."

제이제이가 출입문 근처 자리에 앉아. 잠시 뒤 문에 달린 종이 울리면서 남자가 들어와. 남자는 소울리버가 아닌데, 제이제이에게 와락 달려들어 덥석 손을 잡아.

"제이제이!"

제이제이도 반갑게 남자의 손을 잡아.

"이쪽은 넥타 형, 이쪽은 더블유 비."

나는 남자에게 고개 숙여 인사를 해. 남자는 모자챙을 잡고 고개를 살짝 끄덕여. 우리가 인사를 끝내고 앉으려 할 때 다시 종이 울리면서 소울리버가 들어와. 나는 소울리버의 얼굴을 멍하니 바라봐. 그의 얼굴 주변으로 번쩍이는 아우라가 일렁여. 이제껏 저렇게 아름다운 도넛은 본 적이 없어. 나는 마른침을 꿀꺽 삼켜.

"여전하네요. 이 집 돈가스 좋아하는 거."

제이제이가 소울리버에게 손을 내밀면서 말해.

"얘는 치킨, 나는 돈가스. 그렇지 뭐."

소울리버는 힘차게 악수를 하면서 말해. 주문을 하고 돈가스를 기다리는 동안 침묵이 이어져. 제이제이는 물만 벌컥벌컥 마시고, 소울리버는 손가락을 테이블 위에 놓고 두드리며 비트를 흥얼거려.

"엑스 형은요?"

제이제이의 물음에 넥타라는 사람이 입을 열어.

"바쁘더라고. 그러다 죽는 거 아닌가 몰라."

"직딩들 진짜 불쌍해."

소울리버가 혀를 끌끌 차.

"그래도 안정적이잖아. 4대 보험도 되고."

넥타가 웅얼거려.

"차라리 닭을 튀기지. 상사 눈치나 보고 언제 잘릴지 몰라 전전긍긍하고. 넥타이로 내 목을 조르는 게 낫지."

"요새는 닭도 잘 안 팔려."

넥타가 다시 중얼거려. 돈가스가 나오자 모두 며칠 굶은 사람들처럼 입에 넣어. 나도 소울리버를 힐끔힐끔 바라보면서 허겁지겁 돈가스를 먹어.

"넌 비트박스 하는 중딩이지?"

"저를 아세요?"

"홍대 자주 오지?"

나는 고개를 세게 끄덕이다가 사래가 들려. 켁켁거리는 나에게 제이제이가 물컵을 내밀어.

"배달 일 지금도 하고?"

소울리버가 제이제이에게 물어.

"그만뒀어요."

"엿 같지."

소울리버가 쓴웃음을 지으면서 덧붙여.

"허슬 알바 하면서 랩을 한다는 거. 돈 없이 랩을 한다는 거. 돈 때문에 랩을 포기할까 말까 고민하는 거."

제이제이는 대꾸 없이 조용히 돈가스를 입에 넣어.

"그래도 너 정도면 성공한 거지."

넥타가 속삭이듯 말해. 소울리버는 돈가스를 썰다 말고 냅킨으로 입가를 꾹 눌러 닦아.

"빛 좋은 개살구야."

소울리버가 제이제이를 쳐다봐.

"떼돈을 벌고 싶은 게 아니라 하고 싶은 일을 하면서도 먹고살 수 있을 거라고 생각했어."

소울리버의 목소리가 점점 커져. 그의 발음은 더 단호해져. 음절을 내뱉는 게 마치 전장에서 적을 향해 긴 칼을 뽑는 장수의 동작을 떠올리게 해.

"그런데, 답이 안 나오는 거야. 녹음비, 마스터링비, 믹싱비, 프레싱비, 끝도 없어. 빛만 늘고. 그래서 방송 출연을 했지."

나머지 사람들은 고기를 우물우물 씹으면서 소울리버를 쳐다봐. 그의 다음 말을 기다려.

154

정혁

나는 포크를 내려놓고 그의 말에 귀를 기울인다. 도건도 슬그머니 포크와 나이프를 내려놓는다.

"방송 타고 돈은 좀 만졌잖아요?"

내 말에 소울리버는 씩 웃는다. 입꼬리가 일그러진 썩은 미소다.

"돈 좀 만졌지. 빚도 갚고. 근데 인간들이 대놓고 욕을 해. 돈에 힙합 정신을 팔았다는 거야. 미디어라는 부엌이 힙합을 저미고 볶고 끓이는 걸 내가 방관했다고. 힙합을 대중화하고 힙합을 막장화했다고."

소울리버는 모자를 살짝 들어 올렸다가 다시 쓰는 동작을 한 다음 팔을 휘젓는다. 지휘하는 사람처럼 유연하게 두 팔을 움직여 자기가 하고자 하는 말을 몸으로도 전달한다. 도건은 소울리버의 얼굴을 뚫어져라 바라본다.

"막장이라는 말, 함부로 쓰면 안 된다고."

그의 목소리는 점점 더 단단해진다.

"중딩, 막장이 어디서 나온 말인지 알아?"

"아뇨."

"눈을 감고 상상해 봐. 천 미터 넘게 땅 밑으로 내려가 후끈 달아오른 지열을 견디며 석탄을 캐는 광부들을. 지지대를 세우고, 다이너마이트를 설치해 굴을 파고, 석탄을 캐면 이제 더는 나아갈 수 없는 끝이 나온다고. 그게 막장이야. 거기 들어가 본 사람만이 쓸 수 있는 단어라고."

넥타와 나는 아무 대꾸도 하지 않는다. 그의 말이 한참 더 계속되리라는 것을 알기 때문이다. 예전에도 소울리버는 그랬다. 거침없이 말했고 한번 말을 시작하면 멈출 줄을 몰랐다. 말을 할 때도 랩을 할 때처럼 뜨거운 사람.

"어중이떠중이 모두 떠들어. 잘 모르는 걸 다 아는 척 시끄러워. 이름 좀 팔았다고 날 창자까지 판 놈 취급해. 돈 좀 만졌다고 날 자본의 쓰레기로 매도해. 내가 만든 랩까지 미워해. 난 다 들었어. 내 랩에 대해 떠드는 소리, 나를 겨냥한 화살, 비난을 위한 비난, 끝나지 않는 디스."

소울리버는 손으로 모자를 한 번 꾹 눌렀다.

"내가 블라블라 징징대자 애들이 말해. 발을 빼라고. 근데 발을 뺄 수 없어. 여긴 그런 곳이야. 한번 발을 들이면 아무도 자기가 먼저, 자기 뜻대로, 주관이라는 걸 갖고 발을 뺄 수 없는 곳."

누구보다 단단하고 뚜렷한 세계관을 갖고 당당하게 앞으로 나아가 나를 초라하게 만들던 사람. 한발 앞서 걸어가 자꾸만 기대고 싶게 만들던 사람. 내가 갖지 못한 것들을 다 가지고 있어 부러워했던 사람. 그가 돈 앞에서, 명성 앞에서 흔들리고 있다. 자신의 명성과 인기를 발을 뺄 수 없는 더러운 늪에 비유하고 있다. 내가 그토록 갖고 싶어 하는 것들을 아무것도 아닌 거라고 말하고 있다.

"그리고 이제야 알게 된 거야. 문득, 깨닫는 거야. 내가 잃어 버린 것, 놓아 버린 것, 버려 버린 것을……."

"그게 뭔데요?"

도건이 끼어든다. 소울리버는 지그시 녀석을 바라본다.

"이젠 그 말을 죽어도 할 수 없게 됐다는 걸."

소울리버는 잠시 먼 곳으로 시선을 돌린다.

"내 랩은 길거리에서 죽 자랐다."

그는 입을 다물어 버린다. 침묵은 한참 이어진다. 나는 차갑게 식은 돈가스를 내려다본다. 소울리버가 던진 말들을 곱씹어 본다.

그를 힘들게 하는 것은 힙합이 아니다. 결국 우리를 힘들게 하는 것은 힙합을 둘러싼 것들이다. 힙합을 둘러싸고 생겨나는 욕심들이다. 유명해지고 싶다는 명예욕, 인정받고 싶다는 욕망, 하고 싶은 일을 하면서 돈을 벌고 싶은 게 아니라 한 번쯤은 떼돈을 만져 보고 싶다는 탐욕…….

"힙합으로 돌아와요."

세 사람이 동시에 나를 쳐다본다.

"뭐?"

"오직 힙합만 있었던 처음으로 돌아오라고요."

나는 소울리버의 눈동자를 들여다본다. 오래도록 흠모했던 나의 우상을, 그의 눈동자에 가득 차 있는 분노와 후회를 고스란히 내 가슴에 담는다.

"길거리는 한 번도 형을 떠난 적이 없어요. 언제든 우릴 다시 받아 준다고요."

그의 얼굴에 희미한 미소가 떠오른다.

"제이제이, 많이 컸네."

소울리버가 말했다.

"크는 중이죠."

나는 어색하게 웃었다.

소울리버가 흠모하는 JJK가 그랬다. 모든 발전은 계단형 발전이라고. 어느 날 갑자기 껑충 뛰어오르기 때문에 스스로는 느끼지 못한다고. 마찬가지로 내 실력이 퇴보하거나 내 열정에 순수하지 못한 욕망이 끼어드는 것 역시 한참 시간이 지난 후에야 알 수 있을 것이다. 자신을 냉정하게 들여다보는 일은 누구에게나 어려운 법이니까.

나는 넥타에게로 시선을 돌렸다.

"형을 예전부터 만나고 싶었는데. 형은 아닐 수도 있다고 생각했어요."

"뭐가?"

"……."

나는 입을 다물었다.

'엑스 형이 그러더라고요. 형이 나를 볼 자신이 없다 그랬다고. 힙합을 포기한 사람들은 계속 힙합을 하는 사람들에게 미

안함을 품고 산다고.'

"엑스가 뭐라고 했구나?"

나는 고개를 끄덕일 수도, 그의 말을 부정할 수도 없어 물을 마시는 척했다.

"쪽팔리지. 미안하기도 하고. 특히 너한텐 더 그래."

원래 목소리가 크지 않은 넥타다. 여자처럼 간드러지는 목소리라고 할까. 도건과 나는 넥타의 말을 놓칠까 봐 귀를 쫑긋 세운다.

"근데 엑스가 그러더라고. 널 만나고 와서 기분이 좋았다고. 그날 너를 만나고 오는 길에 첫눈이 내렸는데, 그때 그런 생각을 했대. 자기가 랩을 포기한 게 아닐 수도 있다는 생각."

그날 맞은 첫눈을 나도 또렷이 기억한다. 가슴속에서 뜨거운 게 솟아오른 것도.

"너나 소울리버처럼 목숨 걸고 힙합판에 남는 것과 비교할 순 없겠지만 우리도 계속 힙합을 사랑하기로 했어. 퇴근길에 랩을 듣고 가끔은 라임도 만들고. 닭을 튀기다가 랩을 흥얼거리는 자신을 마주쳐도 미워하지 않기로 했어."

넥타의 말을 들으니 마음이 다시 뜨거워진다. 앞으로도 많은 것이 변하고 달라질 것이다. 누구는 성장할 것이고 누구는 퇴보할 것이다. 누구는 이 판을 떠날 것이고 누구는 끝까지 래퍼로 남을 것이다.

그렇지만 그게 중요한가? 힙합은 누구에게나, 어디에나, 언제든 있다. 전문적이냐 아니냐, 목숨을 걸었냐 아니냐보다 더 중요한 것은 순수하게 힙합을 사랑하는 마음, 그 자체가 아닐까. 힙합을 둘러싼 것들에 휘둘리지 않고 힙합이라는 두 단어에 단단한 원을 그리고 힙합 정신을 소중히 지켜 나가는 마음, 그 자체가 아닐까.

원하는 것은 많은데
늘 넘어져 like 도미노
왜 갈 길이 남았는데
벼랑 끝으로 날 떠미노
한 마디라고 날리면
안 봐도 쓰레기 더미로
계단을 밟아야만 해
올라가 저 무덤 위로

_ JJK, <계단형 발전>

도건

"고마워요."
제이제이가 넥타를 바라보면서 말해.
"뭐가?"

"형 덕분에 마음이 다시 뜨거워졌어요."

넥타라는 사람이 살포시 웃어. 나도 제이제이와 같은 것을 느꼈어. 소울리버의 말에서는 느끼지 못했던 뭉클한 어떤 것이 심장에서 창자로 쑥 내려갔어.

소울리버의 말을 듣는 동안 나는 페퍼를 떠올렸어. 그들은 비슷한 상황에 처해 있어. 힙합과 돈, 힙합과 성공, 힙합과 대중화가 싸우지 않고 지낼 수 있는 방법은 없는 걸까? 성공을 하고 돈을 만지면 초심을 잃었다는 욕을 먹고, 방송에 출연하면 디스를 당해. 언더그라운드에서 어렵게 힙합을 하는 사람들도 존중받고 힙합으로 돈을 만지는 사람들도 존중받을 수는 없는 걸까?

우리는 식당을 나와. 소울리버는 제이제이에게 손을 내밀어. 제이제이는 소울리버의 손을 마주 잡고 힘차게 악수해. 그다음 제이제이는 넥타에게 손을 내밀어. 넥타는 두 손으로 제이제이의 손을 덥석 잡아.

"형, 버텨요. 무조건."

제이제이가 넥타에게 말해.

"너도 승부를 걸어라. 무조건."

넥타의 말에 제이제이가 웃으면서 고개를 끄덕여.

"몸조심하고요."

"그래, 휴가 나오면 연락할게."

넥타가 환하게 웃어.

"나 공연하는 데 놀러 와. 중딩이랑 같이."

소울리버가 말해.

"알았어요."

"루키 소개하는 시간이 있는데, 그때 둘 다 프리스타일 랩 하게 해 줄게."

제이제이는 나를 슬쩍 보고는 미소를 지어.

"좋죠."

"우리 가게에도 놀러 와. 닭 튀겨 줄게."

넥타의 말에 제이제이와 나는 함박웃음을 지어.

"진짜죠?"

내가 묻자 넥타는 고개를 힘차게 끄덕여.

"나 군대 가기 전에 얼른 와. 무제한 리필해 줄게."

뜨거운 김이 솟아오르는 프라이드치킨을 생각하자 입 안에 침이 고여.

"궁금한 게 있었는데……."

제이제이가 소울리버를 바라보며 뭉그적거려.

"뭐?"

"형은 왜 해병대를 지원했어요?"

소울리버가 히죽 웃어.

"헤어스타일이 죽이잖아."

소울리버가 손가락으로 머리 부분을 가리켜. 나는 풋, 터져 나오려는 웃음을 참으려고 고개를 숙이면서 입을 앙다물어.

소울리버의 시선이 내게로 향해.

"중딩, 여친 있니?"

"아뇨."

"여자는 일찍 알수록 좋은 거야. 너 래퍼가 꿈이지?"

겨울바람에 코끝이 시려. 나는 콧물을 한꺼번에 들이마셔.

"아직 모르겠어요."

나는 제이제이의 눈동자를 찬찬히 바라보고서 말해.

"제가 힙합을 사랑한다고 생각했는데 아니더라고요. 힙합이 저를 사랑하는 것보다 제가 힙합을 더 사랑할 수 있을지 아직 모르겠어요."

그들이 동시에 어이없다는 표정을 지어. 내 말을 이해하지 못한 것 같아. 제이제이가 다급한 손길로 내 등을 떠밀어.

"다음에 또 봐요."

그들과 헤어지고 나는 제이제이와 함께 버스 정류장까지 묵묵히 걸어. 바람이 점점 차갑게 느껴지지만 기분은 나쁘지 않아.

"쿨 지 랩이 그랬잖아요. 포즈 하나를 놓치면 플로우 전체가 엉망이 될 수도 있다고."

"그랬지."

"그 말은 제대로 쉬어 주는 게 중요하단 뜻이잖아요."

"그렇지."

나는 걸음을 멈추고 제이제이를 바라봐. 그도 덩달아 걸음을 멈춰.

"엄마한테도 휴식이 필요했던 게 아닐까요?"

제이제이는 말없이 내 어깨를 두드려. 버스가 도착해. 우리는 버스에 올라타 나란히 앉아. 창밖을 오래도록 내다봐.

예전에 지욱이가 해 준 이야기가 떠올라. 무슨 공명과 뇌파의 주파수 이야기였는데, 너무 어려워서 그만 떠들라고 지욱이에게 욕을 퍼부었어. 그런데도 지욱이는 꿋꿋하게 얘기를 했어. 내가 대충 이해한 내용만 정리해 보면, 들숨과 날숨보다 더 중요한 것은 들숨과 날숨 사이라는 거지. 우리는 들숨과 날숨 사이에 잠깐 숨을 멈추는데, 그 잠깐 동안에 무슨 공명의 주파수대와 일치한다는 거야.

비트와 비트 사이, 박자와 박자 사이, 단어와 단어 사이, 음절과 음절 사이에서 제대로 쉬어 줘야 다음 플로우를 제대로 탈 수 있는 것처럼 엄마도 아빠와 우리 사이에서, 아줌마와 여자 사이에서, 젊음과 노화 사이에서 쉬고 싶었던 게 아닐까. 아무도 방해할 수 없는 엄마만의 시간이 필요했던 게 아닐까. 전에 누나가 내게 말했던 '엄마만의 시간'이라는 게 이제야 조금 이해가 돼.

"왜 하필 힙합일까?"

제이제이가 작은 목소리로 읊조려. 그의 목소리가 차창에 붙어 하얀 김이 돼.

"왜 하필…… 힙합일까요?"

나는 그에게 되물어. 버스가 거칠게 좌회전하면서 우리 몸이 기우뚱 기울어져.

"프리스타일 배틀 하고 싶다."

제이제이가 좀 더 큰 소리로 말했어.

"싸이퍼를 하고 싶어요."

나도 좀 더 큰 목소리로 외쳐. 제이제이는 넉넉한 웃음을 흘리면서 나를 바라보더니 내 머리카락을 헤쳐 놓아. 나도 그를 보면서 환하게 웃어.

그가 치열하면서도 자유롭게 힙합을 사랑하기를 바라는 거야. 그가 끊임없이 성장하기를, 그가 자신의 장점을 빼앗기지 않기를 바라는 거야. 그가 내 곁에 오래도록 있어 주기를 바라는 거야. 하염없이 올라야 하는 인생의 계단에서 그가 힘에 겨워 쉬고 싶을 때 잠시 내 어깨에 기댈 수 있도록 내가 제대로 성장하기를 바라는 거야.

나는 몰라. 제이제이가 성공할 수 있을지 없을지. 하지만 나는 알아. 그는 이미 힙합의 전사이며 치열하게 허슬 하는 래퍼라는 것을. 그런데도 그가 랩으로 떼돈을 벌 수 있는지 없는지가 그렇게 중요한 걸까?

포기하지 않는 한, 즐거움을 잃지 않는 한, 어느 누구도 그의 것을 빼앗을 수 없는 게 아닐까? 나는 다만 바라는 거야. 그가 소울리버가 경험했던 일들을 경험하지 않기를. 그가 성공의 언덕을 다 올라가 정상에 섰을 때 아무도 그에 대해 이러쿵저러쿵 떠들지 않기를. 무슨 일이 있어도 그가 초심을 잃지 않기를⋯⋯. 바라는 거야.

정혁

"왜 하필 힙합일까?"

차창을 바라보며 내가 말했다. 차창에 하얀 김이 생겼다.

"왜 하필⋯⋯ 힙합일까요?"

도건이 내게 되물었다. 버스가 거칠게 좌회전을 하면서 우리 몸이 기우뚱 기울어졌다. 도건의 작은 몸이 파도에 흔들리는 작은 배처럼 흔들렸다.

"프리스타일 배틀 하고 싶다."

내가 좀 더 큰 소리로 말했다.

"싸이퍼를 하고 싶어요."

도건이 말했다. 나는 녀석의 머리를 쓰다듬었다. 녀석은 나를 바라보며 환하게 웃었다.

마음까지 시리게 하는 겨울 풍경을 바라보면서 나는 소울 리버를 생각했다. 자기만의 소신을 품고 단단했던 그가 사람들의 비난 앞에서 쪽배처럼 흔들리고 있었다. 나는 그저 부러웠다. 그가 이룬 모든 것들이. 그가 괴로워하는 사람들의 비난과 욕설마저도 부러웠다. 명성이 있고 유명하니까 비난도 받

을 수 있는 거다. 아무도 주목하지 않는 얼치기 래퍼에겐 돈
도 명성도 비난도 욕설도 없다.

얼마나 더 깨지고 얼마나 더 실패해야 랩으로 먹고살 수 있
을까. 먹고사는 것이 어렵다면 대체 얼마나 더 노력해야 스스
로 만족할 수 있는 랩을 할 수 있는 걸까. 조급하게 마음먹지
말자고 다짐한다. 스스로를 책망하며 우울에 빠지지 말자고
다독인다. 그렇지만 가끔은, 정말 가끔은, 아무것도 내 마음대
로 되지 않는 순간이 있다. 나는 여전히 내가 작은 그릇에 불
과한 것 같고, 재능이 없는 것 같다. 내 조급증을 스스로 극복
하지 못할 것 같다는 패배의 짙은 냄새를 맡고야 마는 순간.

내가 래퍼가 되고 싶다고 했을 때 많은 사람들이 말렸다.
그들이 하는 말은 놀랍도록 비슷했다. 내가 모르는 사이에 그
들끼리 무언의 약속이라도 한 것처럼.

네가 랩을? 그냥 평범하게 살아. 대학 졸업장이 있어도 먹
고살기 어려운 시대야. 정신 차려. 네가 뭐 특별한 줄 알아?
무슨 증거로 네가 특별하다는 거야? 그런 일 하면서 밥 먹고
사는 사람들은 따로 있는 거야. 하늘이 내려 준 재능 같은 게
있는 거야. 천재 몇 명이 성공하는 거야. 얼마나 많은 사람들
이 성공한 사람 밑에 깔려 있는 줄 알아? 우리는 성공한 사람
들만 보기 때문에 그들의 존재를 모르는 거야. 그들은 천재를
받쳐 줄 뿐이야. 재능이 없다는 사실을 깨닫고 다시 이 세계
로 돌아오려고 하면 그땐 늦은 거야. 그냥 루저로 평생을 사

는 거라고.

그들은 저주를 퍼붓지 못해 한이 맺힌 사람처럼 내게 말했다. 말을 끝낸 그들의 입술은 일자로 굳게 다물어져 있었다.

"저 이제 소울리버 팬 안 할래요."

도건이 뾰로통한 표정으로 말했다.

"실망했니?"

나는 지금 내가 느끼는 것들을 녀석에게 말하지 못한 채 녀석의 얼굴을 본다.

"앞으론 제이제이의 팬만 할래요."

나는 고개를 숙이며 살짝 웃었다.

"대진이 얼굴 볼래? 오래 안 보면 보고 싶지?"

"왜요?"

"잘생겼잖아."

"잘생긴 남자 전 별로예요."

내 키가 녀석만 했을 때, 아버지의 생선 냄새가 지긋지긋해서 시장을 떠날 날만 손꼽아 기다렸을 때, 몰랐던 사실이 있다. 내 곁에 있어 준 가족의 소중함. 부모님이 주는 용돈을 당연하게 생각했다. 늘 용돈이 적다고 투덜댔다. 이것을 도건에게 설명해 줄 필요는 없을 것이다. 지금 설명한다 해도 녀석은 귓등으로 흘려들을 게 빤하니까.

우리는 도건의 집 근처에 내렸다. 카페로 들어가 나는 커피를, 도건은 과일 주스를 주문했다. 우리는 싸이퍼에 대한 수다를 떨면서 대진을 기다렸다. 대진이 카페 문을 밀며 들어왔다. 오랜만에 만난 도건과 대진은 반갑게 인사를 나누었다.

당신은 우리의 형제

도건

오랜만에 꽃미남을 만났어. 우린 신나게 이야기를 나눴어.
카페를 나오면서 그들은 나를 집까지 데려다주겠다고 했어.
됐다고 해도 고집을 부렸어. 그래서 나는 달렸어. 그들이 나를
따라오지 못하게 전속력으로.

그렇게 집 앞에 도착했는데 그들이 있었어. 손윤한과 그의
패거리, 그리고 이기열. 패거리 중 한 명이 내게 손짓을 했어.
그들은 나를 구석진 놀이터로 데리고 갔어.

"꼬맹아, 뭘 믿고 자꾸 까불어?"

손윤한이 침을 탁 뱉으면서 말했어. 나는 쫄지 말자고 다짐
했어. 한 대 맞고 말자. 자존심을 버리지 말자.

"손윤한, 넌 상민이를 괴롭혔어."

쫄지 말자. 난 래퍼다. 계속 다짐했지만 몸도 마음도 말을 듣지 않았어. 이상한 떨림이 가슴을 타고 쑥 내려갔어. 바이킹을 타고 내려올 때처럼, 롤러코스터를 타고 아찔하게 하강할 때처럼 울렁거렸어.

"걘 맞을 만해서 맞은 거야."

이기열이 끼어들었어. 비열한 어조비 새끼.

"너도 김상민처럼 맞아야 정신을 차리지."

손윤한이 눈짓을 보냈어. 패거리들이 우르르 내게 달려들었어. 내 팔을 꺾더니 상민이에게 그랬던 것처럼 내 팔을 잡고 나를 일으켜 세웠어. 손윤한이 로우킥을 날릴 타이밍인 거지. 나는 입술을 깨물고 로우킥을 기다려. 상민이도 당했던 거야. 그러니 당연히 나도 견뎌야 하는 거야. 우리는 친구니까.

그런데 손윤한은 로우킥을 날리지 않고 내 뺨을 때렸어. 커다란 손으로 뺨을 한 번 내려치더니 곧 찰싹찰싹 차진 소리가 연달아 들려. 눈을 깜박이고 싶지 않지만 내 마음대로 되지 않아. 손윤한이 손을 들어 올릴 때마다 눈이 미친 듯이 깜박여.

"야, 니들 뭐 하는 거야!"

제이제이의 목소리가 들려. 내가 꿈을 꾸고 있는 걸까.

"그 손 안 놔?"

다시 한 번 그의 목소리가 또렷하게 들려. 어둠을 뚫고 제이제이와 꽃미남이 걸어 들어와. 제이제이가 나를 붙들고 있는 패거리들의 몸을 세게 밀쳐내. 패거리들이 우르르 쓰러져.

"니들 뭐야?"

손윤한이 제이제이와 꽃미남에게 대놓고 반말을 해. 예의를 국 끓여 먹은 놈이야. 꽃미남이 두툼한 손바닥으로 손윤한의 뒤통수를 내려쳐. 손윤한의 입에서 악, 하는 소리가 튀어나와. 내가 맞아 봐서 알지. 꽃미남 손이 좀 맵지.

"어디서 반말이야?"

눈치 빠른 이기열은 슬슬 뒷걸음치더니 도망을 가. 손윤한은 이 상황을 받아들일 수 없는 모양이야. 뒤통수를 문지르며 제이제이와 꽃미남을 번갈아 쳐다봐.

"왜 남의 일에 상관이에요?"

드디어 손윤한이 '요' 자를 붙여 말해.

"남?"

제이제이가 손윤한에게 바짝 다가가며 되물어.

"나 도건이 형이야. 이래도 내가 남이야?"

손윤한의 얼굴이 새하얗게 질려. 저 인간의 얼굴이 저토록 새하얘진 건 처음 봐. 제이제이는 손윤한의 얼굴에 자기 얼굴을 바싹 붙여. 손윤한은 제이제이의 눈빛에 벌써 기가 죽었어.

"이 동네에서 애들 괴롭히다가 걸리면……."

제이제이의 목소리가 낮게 깔려.

"다음엔 그냥 안 보낸다. 알겠어?"

손윤한이 천천히 고개를 끄덕여.

"그리고, 저 형이 킥복싱 선수야."

제이제이는 꽃미남을 손가락으로 가리키며 말해.

"그러니 저 형하고는 되도록 안 마주치는 게 좋을 거야."

패거리들은 옷에 묻은 모래를 털고 있어. 손윤한은 나를 한 번 노려보더니 뒷걸음질을 쳐.

"꺼져!"

꽃미남의 굵은 목소리에 손윤한과 패거리들은 줄행랑을 쳐.

"괜찮아?"

제이제이와 꽃미남이 내게 다가와. 겨울밤 공기가 차가워서 일까. 몇 대 맞았지만 뺨은 괜찮은 것 같아.

"괜찮아요."

나는 제이제이의 얼굴을 바라봐. 제이제이는 말했어. 내 형이라고. 세상을 다 가진 것 같은 마음이 들어. 우리는 놀이터를 빠져나와. 그들은 기어이 나를 집 앞까지 데려다줘. 그들에게 고맙다는 인사를 하고 싶지만 입이 안 떨어져.

"킥복싱 했어요?"

내가 꽃미남에게 물어.

"중학교 때. 잠깐."

"그래서 손이 맵구나."

내가 웃으면서 말해.

"그래? 내 손이 매워?"

"진짜 아팠다고요."

나는 방금 그에게 뒤통수를 맞은 것처럼 뒤통수를 긁적여.

"우리 싸이퍼에 올 거죠?"

내 말에 꽃미남이 멋지게 웃어.

"제이제이 형을 부탁한다."

"걱정 마세요."

의젓한 내 말투에 꽃미남의 입술에 엷은 미소가 떠올라.

"야, 나한테 도건이를 부탁해야지."

제이제이의 말에 우리는 웃음을 터뜨려. 그때 제이제이의 휴대폰이 울려.

"알았어요. 갈게요."

제이제이가 전화를 끊어.

"족발집. 배달 알바가 펑크 냈대. 아저씨가 잠깐만 도와달라네."

갑자기 몸에 소름이 돋아. 여자의 밝은 웃음에서 떠올린 사고 장면이 재생돼. 바닥으로 기우는 오토바이, 바닥을 구르는 남자의 몸뚱이…….

나는 재빨리 제이제이의 팔을 잡아. 제이제이는 눈을 동그랗게 뜨고 나를 봐.

"왜?"

"그게…….""

"잠깐이면 된대."

이 소름 끼치고 진절머리 나는 느낌의 정체가 뭐지? 스스로

174

도 납득할 수 없는 생각의 흐름에 께름칙한 기분만 남아. 나는 제이제이에게 내 느낌을 말할까 말까 고민해. 내가 말하면 그가 내 느낌을 이해해 줄까. 나조차도 납득할 수 없는 이 기분을 설명하면 그와 오토바이 사이를 막을 수 있을까. 내 표정이 이상한지 제이제이는 내 눈빛을 오래도록 들여다봐.

"왜 그래?"

제이제이가 부드러운 목소리로 물어.

"아니에요."

나는 고개를 세게 가로저으며 말해.

"조심하라고요."

제이제이는 내 머리를 몇 번 쓰다듬어.

"알았어. 너도 쟤들 조심하고."

내가 아파트 안으로 들어가는 것을 확인하고 나서야 제이제이와 꽃미남은 등을 돌려. 나는 계단을 성큼성큼 올라. 창문으로 그의 뒷모습을 지켜봐.

정혁

현실보다 더 생생한 꿈 한 편을 꾸었다.

시장이다. 나는 시장 골목에 있다. 고무장갑을 끼고 일하는 아버지가 보인다. 나는 아버지에게 다가간다. 있는 힘껏 걸어도 아버지와 거리가 좁혀지지 않는다. 그래도 나는 묵묵히 걷는다. 얼마나 걸었을까. 아버지의 생선 가게 앞에 도착한다. 흠흠, 나는 목을 몇 번 가다듬는다.

"아버지."

아버지는 고개를 들어 나를 쓱 보더니 시선을 돌린다. 열심히 생선을 토막 내고 담고 물을 틀어 도마를 씻는다.

"아버지, 잘못했어요."

아버지는 아무 대꾸도 하지 않은 채 생선이 진열된 좌판으로 나오면서 내 몸을 밀친다. 그 바람에 나는 몇 걸음 뒤로 물러난다.

"앞으론 가게 일 도울게요."

"싸, 싸, 고등어 싸."

아버지의 목소리가 걸걸하다.

"물오른 꼬막, 생굴, 싸요, 싸."

한 아줌마가 다가와 나를 밀치고는 꼬막을 직접 만져 본다.

"아저씨, 꼬막 주세요."

"예예, 꼬막이 제철이라 아주 좋아요."

나는 잠자코 기다린다. 아버지는 몇 시간 동안 그렇게 나를 세워 놓고 장사를 한다. 가만히 서 있으려니 춥다. 한기가 발끝부터 점점 올라온다.

"힙합인가 뭔가는 그만뒀냐?"

얼마나 서 있었을까. 좌판을 정리하면서 아버지가 묻는다.

"조금만 더 해 볼게요."

"네 엄마 요새 몸 안 좋아. 집에서 엄마나 도와."

나는 아버지에게 조금 더 다가간다.

"가게 일도 도울게요."

"가게 정리할 때만 나오든지."

얼른 가게 안으로 들어가 고무장갑을 낀다. 아버지가 좌판을 정리하는 사이 도마와 칼을 씻고 바닥을 물로 청소한다. 몸을 움직이자 금세 발이 따뜻해진다. 빗자루로 바닥을 박박 문지르니 머리카락 사이로 땀방울이 맺힌다.

가게 문을 닫고 집으로 걸어가는데 아버지가 담배를 입에 물면서 묻는다.

"그 쏘우인가 소울인가는 돈 좀 만졌다며. 아니야?"

"돈 좀 만졌다고 말하려면 얼마 벌어야 하는데요?"

내 물음에 아버지는 말없이 담배를 깊이 빤다. 내 손에 족발 봉지가 들려 있다. 나는 아버지의 입에 식은 족발을 밀어 넣고 나도 남은 족발을 먹는다. 나는 아버지 옆에서 환하게 웃는다.

꿈에서 깨자마자 날카로운 고통이 몸을 파고들었다. 얼굴을 일그러뜨리는데 사람들 말소리가 들렸다. 초점이 또렷해지면서 조금씩 사람들 형상이 보였다. 대진의 얼굴 뒤로 도건의 얼굴이 보였고, 아저씨와 아줌마 얼굴이 보였다. 마지막으로 엄마와 아버지 얼굴이 눈에 들어왔다.

엄마가 내게 다가왔다. 깡마른 손으로 내 얼굴을 매만졌다. 엄마 눈에서 뜨거운 눈물이 흘렀다. 나는 울지 않았다. 환하게 웃으려고 노력했다. 내가 그들에게 줄 수 있는 게 그것밖에 없었으니까. 잠시 후 나는 다시 정신을 잃었다.

도건

침대에 누워 자려는데 전화가 왔어. 전화가 울릴 때부터 기분이 안 좋았어. 꽃미남이 말했어. 제이제이가 다쳤다고. 그 말을 듣자마자 나는 방을 튀어나왔어. 병원으로 가겠다고 하니까 꽃미남은 아줌마가 걱정된다고 했어. 족발 가게로 달려갔어. 아줌마는 손이 떨려 족발을 썰지 못하고 있었어. 아줌마를 의자에 앉혔어. 아줌마는 내 몸을 껴안고는 통곡을 했어. 아줌마는 온몸으로 울었어. 그건 정말 긴 울음이었어.

커다란 칼을 손에 쥐고 처음으로 족발을 썰었어. 당연한 말이지만 내 칼질은 형편없었어. 크기가 제멋대로인 족발을 대충 포장하고는 꽃미남의 연락을 기다렸어. 머릿속이 복잡해 터질 것만 같았어. 나는 분명 오토바이 사고를 예감했어. 그런데도 제이제이를 말리지 못했어. 아니, 말리지 않았어. 이건 내 잘못이야. 전부 나 때문이야.

사장 아들이 나왔어. 포장된 족발을 가지고 갔어. 아저씨는 병원에 갔다고 했어.

가게를 나와 횡단보도를 건넜어. 도로에 남은 오토바이 부품 잔해들 사이로 핏자국이 보였어. 머리가 핑 돌았어. 혀가 마르고 다리가 떨렸어. 선명하게 남은 제이제이의 핏자국이 나를 노려봤어. 나는 무릎이라도 꿇고 용서를 빌고 싶었어. 아무라도 붙잡고 울고 싶었어. 두 손을 모아 싹싹 빌고 싶었어. 간신히 기운을 내 가게로 들어갔어. 아줌마에게 커피를 내밀었어. 아줌마는 멍한 얼굴로 커피를 받았어.

아저씨 대신 사장이 가게를 정리했어. 아저씨와 통화를 한 아줌마는 집에 들어갔어. 나는 밤새도록 꽃미남을 기다렸어. 얼마나 기다렸을까. 고요한 밤거리에 택시 한 대가 보여. 택시에서 꽃미남이 내려. 내게 다가와. 다짜고짜 내 몸을 안아. 나는 눈물을 참으려고 애써 보지만 쉽지가 않아. 꽃미남의 어깨가 떨리는 게 느껴져.

꽃미남과 함께 핏자국이 있는 곳으로 걸어가. 꽃미남은 물을 뿌려 대충이라도 닦고 가자고 말해. 나도 고개를 끄덕여. 냄비에 물을 떠 와 도로에 뿌려. 물에 섞인 피가 아스팔트 모서리로 흘러 하수구로 빠져. 그 물줄기를 멍하니 바라보고 있는데 꽃미남이 물을 한 번 더 뿌려.

핏자국은 사라졌지만 절대 사라질 수 없는 것들을 생각해. 가슴을 파고든 통증의 생생함을. 시간이 지날수록 더 단단해지는 우정을. 함께 나눈 추억과 함께한 시간들을. 잃기 전에는 소중함을 깨닫지 못하는 우리의 어리석음을 생각해.

그리고 제이제이를 생각해. 그의 부드러운 목소리와 단단한 어깨와 맑고 환한 웃음을, 그가 보여 준 치열함과 힙합을 향한 순수한 사랑을⋯⋯.

꽃미남이 택시를 잡았어. 우리는 함께 병원으로 향했어. 나는 자신이 없었어. 제이제이의 다친 몸을 바라볼 자신이 없었어. 택시는 멀미가 날 정도로 속도를 냈어. 나는 그를 잃을 수 없다고 읊조렸어. 두 손을 모아 잡았어. 한 번도 해 본 적이 없는 기도를 시작했어.

도와주세요. 그는 저의 형제입니다.

정혁

기억은 어느 순간부터 잘려 있다.

그날은 도건, 대진과 함께 카페에 앉아 싸이퍼에 대해 수다를 떤 날이다. 도건을 괴롭히던 중학생 아이들을 혼내 준 날이다. 도건이 오랜만에 대진을 만난 날이다.

배달 일을 도와주러 잠깐 가야 한다고 했더니 녀석이 말했다.

"조심하라고요."

그러나 녀석의 눈빛은 이렇게 말하고 있었다.

'안 가면 안 돼요?'

아저씨한테 오토바이 열쇠를 받고 배달을 뛰었다. 조금씩 눈이 내리기 시작하더니 금세 길에 눈이 쌓였다. 눈이 참 예쁘게도 내리는군. 두 번만 더 왔다 갔다 하면 끝난다. 그런 생각을 하고 있었던 것 같다. 살짝 언 눈길 위로 오토바이 바퀴가 미끄러졌고, 내 몸은 그대로 붕 떠올랐다. 그리고 이어진 암전. 그 후 의식과 기억을 잃었다. 길고 긴 어둠의 세계가 나를 반겼다.

'50센트'는 뉴욕의 빈민가 게토에서 태어났다. 게토는 마약과 총질과 폭력과 살인이 난무하는 곳이다. 50센트는 그곳에서 마약을 팔며 살다가 총을 맞았다. 총알을 아홉 발 맞고도 살아났다. 기적이라는 단어는 이럴 때 써야 한다.

모두 내 잘못이다.

오토바이와 결별해 놓고 다시 아무렇지 않게 오토바이를 탔다. 오토바이를 향한 애정과 미련을 과감히 끊지 못했다. 끝내 오토바이를 버리는 데 필요한 용기를 내지 못했다.

많은 시간을 오토바이 위에서 보내는 동안 오토바이와 나 사이에는 보이지 않는 연결 고리가 생겼다. 그 연결 고리를 버릴 수 있다고 자신해 놓고 기회만 생기면 다시 오토바이 위로 돌아갔다. 오토바이를 버려야 내 성장이 유예되지 않을 거라 다짐해 놓고 아저씨의 연락을 은근히 기다렸다. 오토바이의 심장 소리를 다시 들을 수만 있다면 알바비를 덜 받아도 좋다고 생각한 적도 있다. 그리고 나를 말리는 도건의 눈빛을 무시했다.

날카로운 고통이 온몸을 훑고 지나간다.

살고 싶다.

도건

1965년, 17세 소년이 무려 264시간 12분을 자지 않고 버텼어. 소년은 짜증이 늘고 기분이 오락가락했으며 서서히 기억력이 떨어지다가 나중에는 환각까지 경험했어. 실험이 끝난 뒤 소년은 15시간쯤 자고 나서 깨어났고, 며칠이 지나자 정상적인 수면 리듬으로 돌아왔어. 사흘은 쉬지 않고 자야 할 것 같았지만 그럴 필요가 없었대. 진짜야. 상민이가 들려준 얘기야.

나는 겨우 48시간 안 잤을 뿐이야. 그런데도 자꾸만 눈꺼풀이 감기고 환청이 들려. 하지만 잘 수 없어. 제이제이가 언제 깨어날지 모르니까. 제이제이가 눈을 떴을 때 내가 있어야 하니까.

흰 가운을 입은 의사들이 우르르 병실로 몰려와. 내가 나서려고 하면 꽃미남이 말려. 아저씨가 있을 때는 아저씨가 말리고. 나는 의사에게 묻고 싶은 말이 많아. 손을 번쩍 들지만 의사들은 나와 눈도 마주치지 않아. 한 의사가 꽃미남에게 말을 남기고, 그들은 또 우르르 병실을 나가.

182

"뭐래요?"

"수술 잘됐대."

꽃미남의 말에 가슴을 쓸어내려. 화장실에 갔다 온 제이제이의 어머니와 아줌마에게 이 소식을 전해. 그들도 나처럼 가슴을 쓸어내리며 눈물을 흘려. 손수건으로 눈가를 계속 닦아.

"아휴, 다행이여. 진짜 다행이여."

아줌마가 제이제이의 어머니를 부둥켜안으면서 같은 말을 반복해.

오후엔 간호사가 병실로 들어와. 나는 간호사에게 딱 붙어서 물어봐.

"언제 의식이 돌아와요?"

"곧 돌아올 거예요."

간호사가 딱딱한 말투로 대답해.

"곧이 언젠데요?"

"그건 모르죠."

"의사랑 간호사가 그것도 몰라요?"

나는 간호사들을 계속 괴롭혔어. 그 뒤로 간호사들은 나를 피해 다녀.

제이제이는 깊은 잠을 자는 듯했어. 쉽게 깨어나지 않았어. 그렇지만 나는 기다렸어. 학교에도 가지 않았어. 누나가 나를 찾으러 병원까지 올 정도였어. 누나는 당장이라도 날 끌고 나갈 기세로 왔다가 허탕만 쳤어. 나는 학교에서 경고를 받아도 좋다고 말했어. 누나는 그런 나를 기가 막히다는 듯 쳐다봤어. 그래도 나는 굽히지 않았어. 나는 줄기차게 제이제이 이야기만 했어. 누나는 못 말리겠다는 표정으로 내 이야기를 조용히 들어 줬어.

"잘생겼지? 목소리는 또 얼마나 부드러운데."

누나는 내 말에 넘어가지 않았어. 꽃미남만 계속 쳐다봤어.

"엄마는 어때?"

내가 제이제이 곁에 있는 동안 엄마가 집으로 돌아왔대. 대구, 통영, 분당 그 어디에서도 우리는 엄마를 찾지 못했어. 엄마는 훌쩍 떠났다가 훌쩍 돌아왔어. 돌아온 엄마는 거짓말처럼 파업을 끝냈대. 다시 부엌에서 요리를 하고 설거지를 한대.

"엄마는 왜 집을 나간 거래? 어디 갔다 온 거래?"

나는 누나에게 물었어.

"어, 그러니까……."

누나는 망설였어. 어디부터 설명해야 할지 고심하는 눈치였어. 입을 굳게 다문 누나에게 내가 말했어.

"엄마한테 직접 들을게."

"그럴래?"

"응."

누나가 내 얼굴을 바라봤어.

"이야기를 들어도, 엄마가 한 행동이 이해되지 않을 수 있어."

"알아."

누나가 내 눈을 들여다봤어. 나는 누나의 시선에서 고개를 돌리며 말했어.

"이해와 사랑은 별개래."

나는 제이제이한테 들은 말을 내뱉었어. 내 말에 수긍하는 건지 누나는 머리를 천천히 끄덕였어.

"누나, 지금은 나 대신 엄마 손을 잡아 줘."

"그래, 알았어."

누나가 돌아간 뒤 나는 엄마에게 문자를 날릴까 말까 고민했어. 휴대폰을 오래도록 들여다봤지만 어떤 말을 해야 할지 알 수 없었어. 나는 휴대폰을 주머니에 넣고 다시 병실로 들어갔어.

제이제이의 의식이 돌아왔어. 기적 같은 그 순간을 나는 영원히 잊을 수 없을 거야. 제이제이는 서서히 눈을 뜨면서 미간을 찡그렸어. 통증이 심한 것 같았어. 눈을 천천히 뜨고 몇 번 끔벅였어. 우리 얼굴을 차례로 둘러보더니 환하게 웃었어. 자기가 갖고 있는 에너지를 모두 짜내 웃는 것 같았어. 황홀하면서도 가슴을 아프게 하는 그런 미소였어.

우리는 눈물을 흘리면서도 활짝 웃었어. 그의 미소에 답해 주고 싶었어. 그가 우리의 미소를 봤을까? 그는 바로 눈을 감았고, 다시 정신을 잃었어.

정혁

다시 눈을 떴을 때 눈앞에 도건이 있었다. 녀석은 내 손을 꼭 잡은 채 이어폰을 꽂고 랩을 흥얼대고 있었다. 녀석의 이름을 부르고 싶었지만 목소리가 나오지 않았다. 녀석이 잡고 있는 오른손에 힘을 주어 봤다. 손목으로 힘이 들어가는 게 느껴졌다. 미세하지만 손가락 몇 개가 움직였다.

"제이제이?"

도건은 이어폰을 홱 빼고 나를 바라봤다. 고개를 끄덕이려고 힘을 줬지만 내 뜻대로 고개가 움직였는지는 모르겠다. 녀석은 내 눈을 잠시 바라보다가 후다닥 달려 나가 간호사를 데리고 왔다. 간호사는 몇 가지를 간단히 체크한 뒤 의사를 불렀다.

회복은 더뎠지만 나는 조바심을 내지 않았다. 그사이 넥타는 군에 입대했다. 대진은 자퇴를 하고 새로운 알바를 시작했다. 얼마나 바쁜지 코빼기도 보이지 않았다. 입원비를 보태겠다나. 말만으로도 고마웠다. 아버지는 가게를 오래 비울 수 없어서 금방 시장으로 돌아갔다. 충격으로 몸이 더 나빠진 엄마도 계속 병원에 있을 수 없었다. 소울리버는 공연 준비로 바빴다. 엑스는 주말마다 병문안을 왔다.

도건은 거의 병원에서 살다시피 했다. 학교에 가라고 해도 똥고집을 부렸다. 결석은 안 된다는 내 말에 지각이나 조퇴를

186

하는 듯했다. 녀석은 계속 수다를 떨고 나를 웃기려고 애썼다.
덕분에 나는 지겨운 병원 생활을 버텼다.

시간이 날 때마다 우리는 함께 라임을 만들었다. 놀면서 떠
오르는 단어들을 무작위로 나열했다. 연상되는 단어들을 모두
적은 다음 라임을 찾기 위해 단어들을 변형했다.

오늘은 내가 좋아하는 파푸스의 말씀으로 첫 라임을 만든
다. 나는 간결하고 단순한 플로우로 시작한다.

위대한 파푸스 님의 말씀
힙합은 자신감이 전부
사랑하는 아버지의 말씀
홍합은 신선함이 전부

모방 그만해
모범생 역할 지긋해
그만 징징대
나는 정정해
하고 싶은 대로 할래
내 맘대로 몸대로 살래

도건은 한껏 지식을 뽐낸다. 저절로 뿜어져 나오는 자부심
과 힙합을 향한 애정을 빠른 비트 안에 담는다. 빠르면서 정

확한 발음으로 내뱉다가도 음절 사이의 포즈로 강약을 조절
한다.

싫다 했지 던킨 도너츠, 고집 피우다 결국엔 아르바이트
따라 했지 피츠제럴드, 응석 부리다 엘라 피츠제럴드

위대한 파푸스 님의 말씀, 힙합은 자신감
지루한 남들의 말씀, 인생은 끝없는 노름
씹던 껌 같은 얘기에 모범생도 달아나
잡아라 모범택시 널부럽 안 탈란다

오늘의 슬로건,
일딴 내 멋대로 살래
오늘의 훌리건,
펜스 들고 휘두를래
마지막 캐치프레이즈,
가짜를 조심하래
진짜 마지막 서프라이즈,
여기 프렌치프라이 큰 걸로 추가요

우리는 싸이퍼를 준비한다. 싸이퍼는 래퍼들이 자기 이야기
를 비트에 맞춰 프리스타일 랩으로 표현하는 거다. 싸이퍼는

주고받는 것이고 우정이고 존중이고 격려다. 사람들과의 교류다. 우리가 서로 연결되어 있다는 것을 깨닫는 과정이다.

퇴원 기념 싸이퍼를 꿈꾸고 있다. 싸이퍼 본연의 느낌에 가깝게 비트와 라임만 있는, 단순한 피아노 콘셉트를 생각 중이다. 약간 재즈 느낌을 줘서 재즈 힙합적으로 비트를 풀어 가는 것도 나쁘진 않겠다.

도건

병원 복도에 앉아 MC 메타의 랩을 듣고 있어. 재활 치료를 받으러 간 제이제이를 기다리는 거야. 갑자기 복도에 빛이 쏟아져. 착각인가? 강렬한 빛이 시작되는 곳을 바라봐. 복도 끝에서 걸어오는 한 사람이 보여. 어렴풋하지만 여자인 것 같아. 누나인가? 누나는 학교에 있을 시간인데? 그 사람이 나를 향해 뚜벅뚜벅 걸어오는 게 느껴져.

"엄마?"

점점 또렷해지는 얼굴……. 엄마야.

"도건아."

내 이름을 부르는 엄마 목소리에 뭔가가 확 무너져. 나는

190

이어폰을 빼면서 엄마를 멍하니 바라봐. 엄마는 천천히 걸어와 내 옆자리에 앉아.

"잘 지냈니?"

부드러운 목소리. 파업하기 전의 엄마 목소리야. 나는 고개를 몇 번 끄덕이고서 이어폰을 쥐고 있는 손가락을 물끄러미 내려다봐. 엄마의 부드러운 목소리가 다시 들려.

"조정혁인가? 그 친구는 좀 어때?"

제이제이의 이름을 엄마가 알고 있다니. 나는 풋, 하고 웃어.

"많이 좋아졌어. 재활 치료 중이야."

엄마가 고개를 끄덕이고는 망설여. 나한테 할 말이 있는 눈치야. 나는 엄마가 입을 뗄 때까지 기다려.

"엄마 많이 원망했지?"

"……."

"이유가 뭔지, 누나가 말했어?"

나는 고개를 저어. 다시 고개를 푹 숙인 채 손바닥을 들여다봐.

"작년에 외할아버지 아프시다가 돌아가셨잖아. 그때부터 엄마 마음속에 슬픔이 쌓였던 것 같아. 그러다가 한 달 전에 친구 소식을 전해 듣고는 그 슬픔의 둑이 터졌어. 어릴 적 단짝이었던 친구가 자살했다는 거야. 빚 때문에."

나는 자살이라는 단어에 눈을 동그랗게 떠.

"친구가 왜 나한테 연락을 안 했을까. 맞다. 우리가 서로 연락 안 하고 산 지 꽤 됐지. 그런 생각들 때문에 많이 미안했어. 사는 거 바쁘다고 연락 한 번 못하고 살다니. 미안함이 쌓이니까 죄책감이 됐어. 매일 밤 고민하다가 결국 지도를 샀어. 중학교 때 단짝이었던 친구, 고등학교 때 감기에 걸려 수학여행을 같이 못 간 친구, 대학교 때 지금 네 아빠를 소개해 준 친구……. 그 친구들이 살고 있는 곳을 빨간색으로 표시했어. 아빠한테는 무작정 좀 쉬고 싶다고 했더니 그러라고 하더라."

대구, 통영, 분당. 그곳들은 엄마 친구들이 사는 곳이었어. 나는 엄마를 쳐다봤어. 엄마는 내 손을 잡았어.

"미리 말해 주지 못해서 미안해."

나는 대답 대신 엄마 손을 잡았어. 오랜만에 잡아 본 엄마 손은 자그마했어. 엄마는 나중에 집에서 보자고 말하며 일어섰어. 그사이 내 키가 조금 자란 걸까. 엄마가 오늘따라 작아 보였어. 복도를 걸어가는 엄마 뒷모습을 오래도록 바라봤어.

아줌마가 해 준 말이 떠올랐어. 엄마가 돌아오면 무조건 엄마 편이 되어 줘. 주머니에서 휴대폰을 꺼냈어.

'엄마, 나는 언제나 엄마 편이야.'

정혁

같은 영화를 여러 번 보는 사람처럼 한 장면을 연속으로 재

192

생한다.

햇살이 쏟아지는 병실에 그녀가 앉아 있었다. 그녀는 머리카락을 오른쪽 귀 뒤로 넘기고 시를 낭송했다. 아름다운 목소리로 시인 이원의 시를 읽었다. 진통제 때문인지 온몸이 나른하고 두 눈은 자꾸 감겼지만 나는 필사적으로 눈을 떴다. 겨우 열린 틈 사이로 그녀의 얼굴과 머리카락과 쏟아지는 햇살을 사진 찍듯이 마음에 새겼다. 그 장면을 떠올릴 때마다 그녀의 목소리가 들린다. 그녀의 부드러운 목소리가 시어를 부르면 파릇파릇한 새싹처럼 마음속에서 시어가 돋아났다.

"시를 읽어 준 사람이 있었는데…… . 꿈인가?"

무심한 척 도건에게 물어봤다.

"누나일 거예요."

아, 시를 쓴다는 도건이 누나였구나. 내 마음속에 생겨난 작은 파문이 점점 커지는 게 느껴졌다.

"제가 시켰어요. 학교 안 간다고, 집에 안 들어온다고, 하도 잔소리를 해서요. 형에게 시를 자주 읽어 주면 생각해 보겠다고 했거든요."

이원 시인 말고 다른 시인은 알지도 못하지만, 시라는 것이 어떤 건지는 더더욱 모르지만, 아름답다는 생각을 했다. 그녀의 입에서 혀와 공기를 타고 흘러나오는 시어들은 신비로웠다. 그녀가 시를 읽으면 아무것도 없는 건조한 병실에 촉촉하게 물기가 생겼고 하얀 병실의 벽에는 찬란한 추상화가 그려

졌다.

"아름답더라."

내가 도건에게 말했다.

"그렇죠? 시는 참 아름다워요."

아니, 시 말고. 네 누나 말이야. 나는 속으로 말했다.

"형, 오늘 컨디션 괜찮죠?"

"응, 괜찮아."

"그럼 우리 마지막 수업 해요."

"마지막 수업?"

침대를 움직여 상체를 일으킨다. 도건은 침대 앞에 놓인 의자에 앉는다. 녀석 앞에는 작은 수첩 하나가 놓여 있다. 제 누나처럼 녀석도 시를 읽어 줄 건가?

"노하우는 개소리에 불과하다."

내 말에 녀석의 얼굴이 새빨개진다.

"그 명언의 후속 수업을 하시겠단 뜻인가요, 선생님?"

정중한 내 말투에 도건은 풋, 웃음을 터뜨린다.

"아뇨. 오늘은 형이 선생님이에요."

"내가?"

나는 도건이 눈을 바라본다.

"형이 저한테 노하우를 전수해 주세요."

녀석의 눈빛이 반짝인다. 따스한 마음이 오롯이 담겨 있는 눈동자를 지그시 바라본다.

194

"난 전해 줄 노하우가 없는데?"

"에이, 저한테 노하우 알려 주는 게 아까워요?"

"당연하지. 우린 라이벌이라고."

내 썰렁한 농담에도 녀석은 웃어 준다. 나는 몇 번 헛기침을 한 뒤 진지한 목소리로 말한다.

"네 랩 실력은 나한테 뒤지지 않아."

내 표정이 너무 진지했던 걸까. 도건도 웃음기를 거둔다.

"넌 잘하고 있어."

도건은 골똘히 생각에 잠기는 표정을 짓는다.

"그럼 삶의 노하우를 말해 주세요."

"삶의 노하우?"

만약 도건의 나이로 되돌아갈 수 있다면, 그때의 나에게 해 주고 싶은 말이 있다. 열넷, 열다섯 무렵의 나는 착했다. 착해 빠진 병이라는 무시무시한 병에 걸려 있었다. 애들이 아버지의 직업을 놀려도 참았고, 애들이 내 옷에 밴 생선 냄새를 비웃어도 참았고, 선생들이 내 부모와 내 성적을 무시해도 참았다. 그때는 무조건 참는 게 최고라고 생각했다.

지금 돌이켜 보면 그 생각은 틀렸다. 그때 무조건 참지 말았어야 했다. 화를 내야 하는 순간에는 화도 내고, 부당한 대우를 받을 때는 부당하다고 절절히 외치기라도 했어야 했다.

되돌아보면 음악이 있었기에, 힙합이 있었기에, 이만큼 왔다. 버틸 수 없으리라 여긴 것들을 버텼고, 견디지 못할 거라 여긴 시간을 견뎠다. 그러니 나는 두고두고 은혜를 갚아야 할 것이다. 음악과 힙합에게.

"삶의 노하우 같은 게 있을까? 그런 게 있다면 나도 좀 알고 싶다."

내가 진짜 해 주고 싶은 말을 도건은 알아들었을까?

"질문을 받고 나니 알겠다. 왜 네가 노하우를 개소리라고 했는지."

그냥 눈빛을 마주치기만 해도 서로의 진심이 전달되고, 그 사람에게 필요한 내 지혜가 전달된다면 얼마나 좋을까. 하긴 그렇다면 지금껏 존재해 온 언어, 음악, 문학은 존재 가치를 잃겠지.

"이거 하나만 기억해. 삶의 노하우 같은 건 없어. 얻어야 하고 배워야 할 게 있다면 직접 겪고 느껴야 해. 내가 너한테서 랩을 잘할 수 있는 비법을 알아내려고 한 게 어리석은 일이었다는 걸 시도해 보고 깨달은 것처럼. 그렇지만 한 가지는 분명해. 그렇게 겪고 시도해서 얻어낸 것은 네 거야. 좋은 것은 아무도 뺏어 갈 수 없어. 긍정, 희망, 용기 같은 것들. 그리고…… 진심. 마음은 힘이 진짜 세거든. 그것만 잊지 않는다면 어떤 일이 있어도 방향을 잃지 않을 거야."

말이 길어졌다. 도건은 내 말을 다 이해했을까. 똑똑한 녀석이니까 무슨 말인지 대충 알 것이다.

"에이, 녹음할걸."

196

녀석은 수첩을 내던지며 투정을 부린다.

"형, 처음부터 다시 얘기해 주면 안 돼요?"

"시끄러워. 난 쉬어야겠어."

나는 침대를 조정해 눕는다.

"한 번만 더요. 말들이 너무 멋졌단 말예요."

도건은 계속 징징대고, 나는 눈을 질끈 감고, 옆 침대에 누운 환자는 우리가 내는 소음에도 대진이처럼 코를 드르렁 골고, 밤은 점점 깊어 간다.

새벽 무렵, 보호자용 침대에 누워 깊은 잠에 취해 있는 도건을 바라보며 나는 흐뭇한 표정을 짓는다.

도건아, 나는 요즘 성공과 실패, 진짜와 가짜에 대해서 생각하는 시간이 길어. 무엇이 진정한 성공이고 무엇이 진정한 실패일까. 사회가 내게 강요하는 성공이 중요하지 않다는 게 아니야. 그렇지만 남들이 아무리 하찮다고 무시해도 나에게 중요한 성공이 따로 있다면 그걸 지켜 내고 싶은 거야.

앞으로 나에게 어떤 일들이 펼쳐질지 모르지만 미리 겁내지 않으려고. 그리고 내 젊음에 요구할 수 있는 모든 것을 요구할 거야. 나다운 삶을 발견하기 위해 노력할 거야. 어떻게 생각하고 어떤 것을 느끼느냐. 그것들이 삶을 채우도록 나 자신에게 진실할 거야.

비교, 과욕, 비관, 조급함은 금물이야. 그런 것들이 내 삶을 괴롭히려고 달려들 때는 주변 사람들에게 손을 내밀 거야. 그들의 지혜로운 말을 귀담아들을 거야.

갑자기 도건이 헤헤거리며 웃는다. 기분 좋은 꿈을 꾸고 있나 보다. 나는 녀석의 몸에 이불을 제대로 덮어 준다.

도건

오늘 사회 수업은 좀 지루해. 십자군 전쟁 이야기가 나왔는데 이해가 잘 안 가. 신을 위해 사람을 죽인다? 하품이 자꾸 나와.

그렇지만 사회 선생님 얼굴을 바라보는 건 좋아. 그냥 기분이 좋아져. 내가 사회 선생님을 좋아하는 이유를 곰곰이 생각해 봐. 사회 선생님은 다른 선생님들과 달라. 성적이 좋은 지욱이 같은 애들하고만 눈을 맞추지 않아. 공부를 못하면 어떻게 된다느니 하면서 우리를 협박하지도 않아. 자기가 나온 대학을 과시하면서 잘난 척을 하지도 않아. 진도 나가기에 급급해 아이들은 신경도 안 쓰고 자기 할 말만 하지도 않아.

그 대신 사회 선생님은 우리에게 이야기를 들려줘. 그 이야기 속에는 여러 명의 부인을 둔 헨리 8세라는 왕도 있고, 트로이 전쟁 후 떠돌아다닌 오디세우스도 있고, 드라마 주인공이기도 했던 조선 개국의 중심 정도전도 있어. 이야기 속에 나오는 인물들은 실패도 하고 좌절도 겪어. 뼈아픈 후회도 하고 가장 소중히 여긴 것을 잃기도 해. 자신이 살기 위해 남을 죽이기도 하고 계략을 쓰기도 해. 그 모든 것이 사회 선생님 이야기 속에 담겨 있어.

수업이 끝난 뒤 지욱이와 상민이에게 초대장을 줘. 싸이퍼에 그들을 초대해. 상민이는 기뻐하는데 지욱이 표정은 어두워. 나는 이유를 알면서도 모르는 척 물어.

"왜? 못 와?"

"응. 수학 과외 하는 시간이야."

"학원도 아니고. 과외는 미룰 수 있잖아."

지욱이 얼굴은 더 어두워져.

"수학 과외는 안 돼. 아빠한테 죽어."

나는 알았다고 말하고는 지욱이 손에 들린 초대장을 빼앗아. 홱 뒤로 돌아 저벅저벅 걷는데 점점 더 화가 나. 다시 몸을 돌려 지욱이 앞으로 걸어가. 지욱이는 내 발걸음에 담긴 분노를 알아차렸는지 몸을 뒤로 한껏 빼.

"너한테 할 말이 있어."

나는 큰 소리로 말해.

"예전부터 말하고 싶었던 거였어. 그러니까 잘 들어."

지욱이와 상민이 눈이 동그랗게 커져.

"토익, 토플, 근의 공식, 삼각 함수, 열역학 제일 법칙, 설의법, 대구법, 그런 것들이 네 인생을 결정할 순 없어. 부모님 칭찬이 네 인생의 전부가 될 순 없다고. 넌 매일 자신을 괴롭혀.

일 분 일 초도 허투로 쓸 수 없다고 말해. 반 1등을 놓친 적이 없으면서 전교 1등을 못했다고 징징대. 도대체 언제까지 채찍질을 할 거야? 네 마음이 우는 소리가 안 들려?"

랩을 쏟아 내는 것처럼 내 말은 점점 더 빨라져. 나는 손짓을 섞어 가며 말을 퍼부어. 내 진심이 지욱이에게 가 닿기를 바라면서.

"말하는 건 쉽지."

지욱이가 차가운 목소리로 말해.

"뭐?"

"토플이나 삼각 함수가 내 인생을 결정한다면, 그럼 어쩔 건데?"

내게 쏘아붙이는 지욱이를 노려봐.

"너한테 공연이 중요하듯이 내겐 과외가 중요한 거야. 채찍질 없인 결과도 없어. 그 정도 희생 없이 이룰 수 있는 건 없다고."

"뭘 더 이뤄야 하는 건데? 전교 1등? 전국 1등?"

"뭐든."

"부모님을 기쁘게 하기 위해서 아냐?"

"내가 원하니까."

지욱이의 목소리가 점점 단호해져.

"내가 원하는 건 공부를 해야 얻을 수 있는 일이니까. 네가 경멸하는 성적이 내겐 기쁨이라고. 무슨 뜻인지 알겠어?"

우리 둘 사이에 끼어 난감해하는 상민이 얼굴을 바라본 후 지욱이에게 말해.

"싸이퍼를 보러 오고 싶지 않은 거면 오케이. 넘어갈게. 그렇지만 꼭 보고 싶은데 과외 때문에 못 오는 거면 부끄럽게 생각해."

몸을 홱 돌려. 지욱이와 점점 멀어져. 마음이 점점 무거워져. 왜 몰랐을까. 모범적이고 교과서적인 삶이지만 그게 지욱이 스스로 원하는 일이라는 것을. 왜 한 번도 생각하지 못했을까.

지욱이가 부모에게 끌려다닌다고 생각했어. 지욱이는 충분히 만족하는데 지욱이 부모가 만족하지 못한다고 생각했어. 지욱이 스스로 더 많은 것을 원하고 더 좋은 성적을 간절히 원하는 줄은 몰랐어. 공부에 목숨 거는 사람들은 노예처럼 어른들에게 끌려다닌다고만 생각했어.

그동안 지욱이에게 내 기준과 내 생각을 강요했던 거야. 그것도 모르고 번번이 잘난 척을 했던 거야. 그런 나를 지욱이는 참고 견뎌 준 거야.

제이제이가 퇴원하던 날을 떠올려. 그는 재활 치료를 하면서 많은 땀을 흘렸어. 그 덕분에 당당한 걸음으로 병원을 걸어 나왔어.

병원 입구에서 내가 말했어.

"형, 싸이퍼 장소요. 윗잔다리 어때요?"

"당근 거기가 최고지."

"그럼 윗잔다리로 해요!"

즉흥적인 랩 배틀이 머릿속을 가득 채웠어. 승부를 떠나 멋진 추억을 만들겠다고 다짐했어. 마음껏 내뱉고 랩의 물결을 즐기자고 생각했어. 흘깃 제이제이의 얼굴을 보니 그는 벌써 프리스타일 타운에 가 있어.

"밤을 제대로 불태우자."

그렇게 말하고는 제이제이가 손을 쑥 내밀었어. 나는 덥석 그의 손을 잡았어. 커다란 손이었어. 남자답고 두툼한 손이었어. 자꾸 믿음이 가고 마음이 가는, 그런 손이었어.

나는 지욱이에게 메시지를 보냈어. 싸이퍼에 오지 않아도 괜찮다고. 내게 중요한 것들만 강요해서 미안했다고. 네가 어떤 것을 원하는지 한 번도 물어보지 못했다고.

지욱이에게서 답장이 왔어.

'너한테 중요한 건 내게도 소중해. 우린 친구니까. 싸이퍼에 갈게. 과외는 한 주 미뤘다.'

나는 생긋 웃어. 지욱이의 메시지를 한참 들여다봐.

싸이퍼는 함께하는 거야. 주고받고 소통하는 거야. 무조건 같이 가는 거야. 싸이퍼는 어디에든 있어. 홍대가 아니어도, 래퍼의 목소리가 아니어도, 그 어디에든 있어. 엄마와 나 사이에도, 지욱이와 나 사이에도, 제이제이와 아버지 사이에도, 아저씨와 아줌마 사이에도, 공연을 나란히 보고 있는 커플 사이에도, 편의점에서 알바 하는 누나와 손님 사이에도, 사회 선생님과 우리들 사이에도. 싸이퍼를 하고자 한다면 그건 어디에든 있어.

정혁

겨울밤의 윗잔다리는 뜨겁다.

윗잔다리 공원에 발을 들이는 순간 많은 추억이 내게 달려든다. 배틀에서 지고 괴로워하는 내게 치킨을 사 준 소울리버. 컵라면을 한 개 뚝딱 비우고도 배고파하는 넥타에게 삼각김밥을 사 주면서 엷은 미소를 지었던 엑스. 그들의 얼굴이 아른거린다. 넥타가 비트에 맞춰 프리스타일 랩에 몰입하고 있는데 경찰차가 순찰을 돌아 랩을 망친 날도 기억난다. 모든 것이 바로 어제 일어난 일처럼 또렷하다. 신기하다. 그곳에서 겪은 일들을 고스란히 간직하고 있는 장소의 존재가. 그곳에 가서 두 발을 딛고 서면 그제야 떠오르는 추억의 힘이.

나는 아버지와 엄마를 초대했다. 족발 가게 아줌마, 아저씨, 동우까지. 그런데 동우 녀석이 과연 올까? 모르겠다. 대진은 우리에게 옵션이 아니라 필수고. 도건도 가족을 초대했다. 그리고 친구 몇 명을 초대했단다. 소울리버와 엑스하고는 막간을 이용해 프리스타일 랩 배틀도 할 예정이다.

아무튼 이제 필요한 것은 오직 하나다. 높이 들어 올릴 손
과 끄덕일 수 있는 머리통. 그거면 준비 끝!

그리고 이 글을 읽고 있는 당신.
당신도 당장 이곳으로 달려오고 싶지 않은가?
가슴속의 뜨거운 흥을 쏟아 내고 싶지 않은가?

힙합 프로그램에 나와 빵 떠 버린 핫한 래퍼의 방문으로 랩
배틀 분위기는 최고조에 달한다. 강아지 이름을 따서 이름을
만든 래퍼가 마이크를 잡고 앞으로 나온다. 목소리가 약하다.
힘이 달린다. 그런데도 차분하게 자기 할 말을 하고 본다.

내 목소리가 싫어
그래서 없대 실력
미워해 의미 없게
쓰지 않아 신경
다 치워 난 유니크한데

트랩의 BPM에 맞춰 도건과 나는 고개를 크게 끄덕인다. 랩
을 듣는 사람들 모두 비트에 맞춰 몸을 흔든다. 래퍼의 한 손
에는 마이크가, 다른 한 손에는 라임이 있다. 나는 그의 랩을
온몸으로 듣는다. 그는 나와 목소리가 비슷하지만 그걸 유니

크하다고 말한다. 달달하고 약한 목소리 또한 독특한 개성이
될 수 있다고 말해 준다.

그의 랩이 끝나자마자 녀석이 중앙으로 튀어 나간다. 래퍼
는 도건에게 마이크를 넘긴다. 키 작은 녀석의 목소리가 관중
을 사로잡는다. 관중의 마음을 움직인다. 마이크만 잡으면 키
가 커지는 녀석, 관중 앞에서 절대 쫄지 않는 녀석, 자기가 무
엇을 할 때 기분이 좋은지 분명히 아는 녀석. 나는 함성을 지
른다. 녀석의 랩을 즐긴다.

길거리 길거리 Shit Shit
이 다리 저 다리 Shit Shit
손목 걸고
Peace Out
곤조 걸고
Cypher Wow

싸이퍼 와우! 싸이퍼라는 단어에 관중은 한꺼번에 환호한
다. 우리는 하나가 되고 저절로 완전해진다. 롤러코스터를 탈
때처럼 몸이 공중에 떠오르는 기분이다. 가슴이 뜨겁게 달아
오른다. 녀석이 받는 찬사인데도 내가 자랑스럽다. 이런 기분
은 처음이다.

힙합은 날것이지만 늘 단단한 중심으로 사람들을 사로잡는

다. 힙합은 아무것도 없는 황무지에서 태어나 많은 것을 창조해 냈다. 가짜투성이 세상에서 진짜를 이야기하고, 내뱉는 말과 행동을 하나로 만들 것을 요구한다. 더 뜨겁게 랩을 사랑하겠다. 랩은 있는 그대로의 나를, 지금의 나를 무한히 긍정해 줬으니까. 아무것도 내세울 게 없는 나를 믿어 줬으니까.

내 차례다. 마이크를 잡고 비트를 느낀다. 비트가 내 몸을 타고 흐르는 느낌에 집중한다. 잠깐 동안 내 몸은 하나의 악기가 된다. 랩 가사가 나오는 문이 되고 통로가 된다. 비트와 라임이 흐르는 관이 되고 강이 된다.

맡기 싫었던 생선 냄새
마구 잃어 간 당신 틈새

스페이서보다 무서운 아내의 눈빛
족발 때보다 더러운 가게의 불빛

나는 무대에서 벗어나 아버지에게 달려간다. 아버지에게 마이크를 내민다. 아버지는 한 팔로 마이크를 잡고 다른 팔을 높이 들어 올린다. 손목의 스냅을 이용해 손을 끄덕끄덕한다.

싸, 싸, 고등어 싸, 방어 싸

싸, 싸, 묻으른 꼬막, 묻으른 저 꼬마

아버지의 걸걸한 목소리가 마이크를 타고 울려 퍼진다. 20년 경력이 빚어낸 화려한 라임 감각과 구수한 저음이 멋지다. 나는 아버지에게 환하게 웃어 보이며 엄지손가락을 세운다. 그 순간 도건이 우리 사이로 달려온다. 와락 내 품에 달려든다. 나는 두 팔을 벌려 도건을 꼭 껴안는다.

작가의 말

　책을 손에 쥐면 작가의 말부터 찾는 버릇이 있다. 오래된 습관이다. 작가의 말을 읽는 게 무작정 좋았다. 작가들에 대해 알고 싶었던 것 같다. 어떻게 작가가 되었는지, 어떤 방식으로 작업하는지, 좌절하거나 기쁨을 느끼는 순간은 언제인지. 작가의 말을 읽는 동안 마음 한구석에서는 이런 생각이 몽글몽글 피어오르곤 했다. 나도 작가의 말을 쓰는 날이 올까.

　2012년 무렵 습작으로 쓰던 단편 소설에 랩을 하는 친구들이 자꾸 출몰했다. 그 소설들에서 랩이나 힙합이 중요한 역할을 하는 것도 아니었다. 함께 스터디를 하는 언니가 두 소설을 합쳐 장편을 써보라고 권했다. 장편이라……. 막막했다. 그러던 중에 다큐멘터리 〈투 올드 힙합 키드〉를 보게 됐다. 함께 래퍼를 꿈꾸었지만 각자 사정으로 다른 현재를 사는 친구들을 보면서 공감했고 그들의 이야기에 완전히 빠져들었다. 그들의 랩을 들으면서 힙합 공부를 시작했다.

장편을 쓰는 과정은 우여곡절의 연속이었다. 포기하는 게 낫다는 유혹의 목소리는 생각보다 자주 찾아왔다. 하지만 노트북 앞에 고개를 푹 숙이게 하는 절망의 순간 사이에 기쁨과 흥분이 솟아오르기도 했다. 처음으로 소설 속 인물들과 친해졌다는 느낌, 조금이라도 교감했다는 느낌 때문이었다. 정혁과 도건의 이야기를 쓰면 쓸수록 그들을 더 알고 싶었고 그들과 더 친해지고 싶었다. 간절하게. 그러니 이 소설은 내 것이 아니라 정혁과 도건의 것이고 그들이 나를 이곳까지 데리고 온 게 아닐까.

이 소설에는 재능과 열정에 대한 내 고민들이 고스란히 담겨 있다. 끊임없이 두리번거리고 아파했던 나의 청춘을 위무하며 동시에 아이들에게 힘을 내라고 말하고 싶었다. 시험 성적과 입시에 대한 압박감으로 하루하루 생기를 잃어가는 아이들에게 하고 싶은 일을 고민하고 열정을 다 해 보라고 이야기하는 것은 또 다른 고민거리를 안겨 주는 일일 것이다. 그래도 이야기해 주고 싶었고 손을 내밀고 싶었다. 이 소설을 읽고 친구들이 자신의 힘겨움을 툭툭 내뱉고 메모하고 타인에게 말할 수 있게 되기를 꿈꿔 본다.

십 년 동안 몇 번이나 고배를 마신 걸까. 새로운 소설을 쓰고 다듬고 응모하고 떨어지고 다시 다듬는 과정에서 무수히 실패했다. 실패라는 단어를 사용하기에는 별 볼 일 없는 작은 사건이었는지도 모르지만 나는 줄곧 실패했다고 생각했다. 그런데 신기하게도 이 길을 계속 갔다. 나를 의심했고 재능이 넘치는 사람들을 선망했고 잘하는 일과 하고 싶은 일의 간극 앞에서 좌절했으면서도 포기할 수가 없었다. 다수가 걸어가는 길에서 벗어나 있다는 불안감이 엄습해 불면의 밤을 보내는 날도 있었지만 계속 글을 썼다. 수십 번, 아니 수백 번 포기하고 싶었지만 포기할 수 없었다. 글이 아니라면 어떻게 살 것인가. 내겐 아무 대답이 남아 있지 않았다. 다만 나아져야 하고 끝까지 몸부림쳐야 한다고 생각했다. 더 열심히 하다 보면 나도 모르는 사이에 어느 곳엔가 가 닿을 수 있을 거라 믿었다. 글이 내 곁에 있어서 참 좋았으니까. 글은 내게 저주가 아니라 구원이었으니까. 글과 더불어 멋지게 나이 들고 싶다. 글에게 아무것도 기대하지 않으면서, 의젓한 척이라도 하면서, 신나게 잘 성장하고 싶다. 아모르파티, 나의 운명을 사랑하고 싶다.

부족한 소설을 뽑아 주신 심사위원 선생님들과 시계절출판사 편집자 김태희 님, 배정옥 님께 감사드린다. 힘겨운 순간마다 내 손을 잡아 준 스터디 충전소 언니들과 내 작은 그릇을 넓은 마음으로 품어 준 친구들에게 사랑한다는 말을 전한다.
마지막으로 사랑하기에 상처를 주고야 마는, 그럼에도 다시
나를 붙들어 주는 나의 마지막 보루 가족에게 이 책을 바치고
싶다.

2016년, 뜨거운 여름의 한복판에서

탁경은

힙합 초보를 위한 용어 풀이

그라인드코어grindcore 록 음악의 하위 장르로 템포가 빠르며 낮게 소리를 지르는 보컬 등이
　　　　　특징이다.

그라피티graffiti 1970년대 뉴욕 브롱크스 빈민가에서 가난한 흑인과 푸에르토리코 소년들의
　　　　　'거리 낙서'로 시작해 순식간에 전 세계로 확산된 힙합 문화다.

디스diss disrespect의 줄임말이자 '리스펙트'의 반대말로, 상대를 깎아내리기 위해 하는
　　　　　공격적인 랩을 일컫는다.

라임rhyme 랩의 음절에서 각운, 두운을 규칙적으로 맞추어 운율을 주는 기술이다.

랩 배틀rap battle 랩으로 각자의 생각을 표현하면서 싸움을 벌여 승부를 겨루는 행위다.

레이블label 음악적 뜻이 맞는 아티스트끼리 음반을 만들기 위해 모인 작은 집단을 말한다.

리스펙트respect 힙합 뮤지션 사이의 동료애로 상대를 향한 존중의 마음을 표현하는 용어다.

브라가도시오braggadocio 자기 과시, 허풍을 말한다.

비피엠BPM 'beats per minute'의 약어이다. 음악의 속도를 숫자로 표시한 것으로,
　　　　　그 수가 클수록 빠르다. 일반적으로 비피엠의 시간 단위는 1분이다.

스왝swag 스웨거(swagger)의 줄임. 허세 가득한 몸짓으로 자신과 자신의 성취를 세상에 드러내
　　　　　는 것. 힙합 뮤지션이 잘난 척을 하거나 으스댈 때를 가리키는 용어다.

스캐팅scatting 즉흥적으로 비트에 목소리나 음절을 입히는 작업을 말한다.

싸이퍼cypher 힙합 비트에 여러 사람이 돌아가면서 랩을 하는 것을 말한다.

엠씨MC 'Microphone Controller'의 약자. 래퍼를 말한다.

엠씨잉MCing 랩을 하는 행위다.

크루crew 힙합 동료를 말하거나 소속사 없이 활동하는 팀을 말한다.

212

트랩trap 중저음을 강조한 비트에 드럼 사운드를 주로 사용하여 무게감을 잡아 주는 것이 특징이다.

펀치라인punchline 노래 가사에서 허를 찌르는 가장 인상적인 부분을 말한다.

프리스타일free style 자유롭게 즉흥적으로 구사하는 힙합 랩이다.

플로우flow 래퍼의 목소리, 스타일, 발음, 속도 등 곡 안에 담긴 것들로 리듬을 타는 것이다.

허슬hustle 어떤 일이든 생계를 위해 돈벌이를 하는 삶의 방식을 말한다.

휴지rest 음절이 발음되지 않는 부분을 말한다.

인용 및 참고 자료

소설에 인용한 랩

— <Moment of Truth>, 션이슬로 노래, 션이슬로 작사, GHATSOUL·션이슬로 작곡.

— <PISH>, 피노다인 노래, 박상혁·이강우 작사, 이강우 작곡.

— <밀물>, 타블로 노래, 타블로 작사·작곡.

— <계단형 발전>, JJK 노래, 고정현·권희석·유상준 작사, 고정현 작곡.

소설에 인용한 시

— 김정란, 「집, 조금 움직이는 여자, 여자들」, 『용연향』, 나남, 2001.

— 이원, 「오토바이」, 『세상에서 가장 가벼운 오토바이』, 문학과지성사, 2007.

— 이원, 「영웅」, 『세상에서 가장 가벼운 오토바이』, 문학과지성사, 2007.

참고한 책 및 영상

— 『나를 찾아가는 힙합 수업』, 김봉현, 탐, 2014.

— 『낭송의 달인 호모 큐라스』, 고미숙, 북드라망, 2014.

— 『다른 길』, 박노해, 느린걸음, 2014.

— 『랩으로 인문학하기』, 박하재홍, 탐, 2012.

— 『인간에 대하여 과학이 말해준 것들』, 장대익, 바다출판사, 2016.

— 『하우 투 랩』, 폴 에드워즈 저, 최경은 옮김, 한즈미디어, 2011.

— <투 올드 힙합 키드>, 정대건, 2012.

싸이퍼

2016년 8월 30일 1판 1쇄
2019년 4월 5일 1판 5쇄

지은이 탁경은

편집 김태희, 배정옥, 나고은 | **디자인** 백창훈
제작 박흥기 | **마케팅** 이병규, 양현범, 이장열

인쇄 천일문화사 | **제책** 정문바인텍

펴낸이 강맑실
펴낸곳 (주)사계절출판사 | **등록** 제406-2003-034호
주소 (우)10881 경기도 파주시 회동길 252
전화 031)955-8588, 8558 | **전송** 마케팅부 031)955-8595 편집부 031)955-8596
홈페이지 www.sakyejul.co.kr | **전자우편** skj@sakyejul.co.kr
블로그 skjmail.blog.me | **페이스북** facebook.com/sakyejul | **트위터** twitter.com/sakyejul

ⓒ 탁경은 2016

ISBN 978-89-5828-379-9 44810
ISBN 978-89-5828-473-4 (세트)

이 도서의 국립중앙도서관 출판시도서목록(CIP)은 e-CIP 홈페이지(http://www.nl.go.kr/cip.php)에서 이용하실 수 있습니다.(CIP제어번호: CIP2016018879)